Avdótia Panáieva

A família Tálnikov

Esta obra foi revisada segundo o Novo Acordo Ortográfico da Língua Portuguesa, em vigor no Brasil desde 2009.

Tradução diretamente do russo.

Direção editorial *Melissa Velludo*
Tradução *Thais Carvalho Azevedo*
Revisão e preparação de texto *Ricardo Marques e Melissa Velludo*
Projeto gráfico, diagramação e capa *Vergê Digital*
Imagem da capa *Marianne von Werefkin*

Dados Internacionais de Catalogação na Publicação (CIP)
(Câmara Brasileira do Livro, SP, Brasil)

Panáieva, Avdótia, 1820-1893
A família Tálnikov / Avdótia Panáieva ; tradução de Thais Carvalho Azevedo. -- Ribeirão Preto, SP : Jocalis, 2025.

Título original: Семейство Тальниковых.
ISBN 978-65-987695-0-5

1. Ficção russa I. Título.

25-279880 CDD-891.73

Índices para catálogo sistemático:
1. Ficção : Literatura russa 891.73
Eliane de Freitas Leite - Bibliotecária - CRB 8/8415

SELO JOCALIS
DEGUSTADORA EDITORA

E-mail: adegustadoradehistorias@adegustadora.com.br

Avdótia Panáieva

A família Tálnikov

Tradução de Thais Carvalho Azevedo

Jocalis

Sumário

Sobre a autora

Avdótia Iákovlevna Panáieva (Briánskaia) (1820-1893) foi uma das escritoras russas mais proeminentes do século XIX. A estreia literária de Avdótia Panáieva se deu em 1848, com a novela *A família Tálnikov*, que foi proibida pela censura "por minar a autoridade parental", e só chegou aos leitores décadas depois, em 1928, já no contexto soviético.

Sob o pseudônimo de N. Stanítski, Panáieva publicou, além de contos, uma série de outros romances e novelas: *Apiário* (*Pásseka*, 1849); *Pequenas coisas da vida* (*Miélotchi jízni*, 1854), *Castelos no ar* (*Vozdúchnyie zámki*, 1855); *Senhorita da estepe* (*Stepnáia bárychnia*, 1855); *Pintor de retratos* (*Portretist*, 1856); *Inferno doméstico* (*Domáchni ad*, 1857); *Os russos na Itália* (*Rússkie v Itálii*, 1858); *Um romance à meia-luz de São Petersburgo* (*Roman v peterbúrgskom polusviéte*, 1860); *Destino de uma mulher* (*Jénskaia dóla*, 1862); *A sonhadora* (*Fantaziórka*, 1864) e *A história de um talento* (*Istória odnogo talánta*, 1888).

Em coautoria com Nikolai Nekrássov, publicou os romances *Três países do mundo* (*Tri straní sviéta*, 1848-1849) e *Lago morto* (*Miórtvoie ózero*, 1851).

As obras da escritora levantam questões da vida social da primeira metade do século XIX, como a posição das mulheres, a educação e a vida familiar.

A família Tálnikov, que possui um fundo biográfico, é a mais potente obra de Panáieva. A autora também escreveu *Memórias*, obra publicada em 1889, que oferece um riquíssimo testemunho sobre a vida cultural e literária da Rússia nas décadas de 1840 a 1860.

Sobre a obra

A família Tálnikov:

um retrato censurado da Rússia oitocentista

O século XIX, também chamado de Era de Ouro da literatura em língua russa, foi marcado pela atuação de várias escritoras: Anna Búnina, Nadiêjda Dúrova, Elena Gan, Evdokia Rastoptchiná, Aleksandra Zrajévskaia, Avdótia Panáieva, Karolina Pávlova, Nadiêjda Khvoschínskaia, Sôfia Kovaliêvskaia, Maria Bachkírtseva, Elizavieta Diákonova são apenas algumas das autoras desse período. No entanto, até o momento apenas cinco novelas escritas pelas mulheres no século XIX foram publicadas no Brasil: *A moça do internato*, de Nadiêjda Khvoschínskaia (2017, Editora Zouk, tradução de Odomiro Fonseca); duas novelas de Sófia Tolstaia: *De quem é a culpa?* e *Canção sem palavras* (2022, Editora Carambaia, tradução de Irineu Franco Perpétuo); *Tribunal da sociedade* (2023, Editora Nova Alexandria, tradução de Thais Carvalho Azevedo) e *A niilista*, de Sôfia Kovaliêvskaia (2024, tradução de Odomiro Fonseca, Editora Zouk).

A novela de Avdótia Panáieva A família Tálnikov (1848), inédita no Brasil, soma-se a uma proposta de tradução de escritoras russas do século XIX, em que anteriormente traduzimos Tribunal da sociedade, de Elena Gan (Fadiéeva), com o apoio do LABESTRAD (Laboratório de estudos da tradução) e do NTC (Núcleo de tradução e criação), ambos da Universidade Federal Fluminense.

Nascida numa família de artistas (o pai, ator de teatro e a mãe, atriz e cantora de operetas), Avdótia

Briánskaia (Panáieva, 1820-1893) se mantém no mundo das artes durante toda a vida. Casada com o escritor Ivan Panáiev, foi por muitos anos amante do poeta e escritor Nikolai Nekrássov. Durante algum tempo, os três – Avdótia, Ivan Panáiev e Nikolai Nerkrássov – dividiram o mesmo teto. Ao se separar de Nekrássov, Avdótia se casou com o crítico Apollon Golovatchiov.

O nascimento em uma família de atores, os casamentos e, principalmente, seu talento como escritora colocam-na dentro de um círculo literário frequentado por escritoras e escritores como Nadiêjda Dúrova, Nadiêjda Súslova, Sôfia Kovaliêvskaia, Karolina Pávlova, Fiódor Dostoiévski, Ivan Turguêniev, Liev Tolstói, Ivan Gontcharov, Aleksandr Herzen, Vissarion Belínski, Nikolai Dobroliúbov, Nikolai Tchernichévski e Vassili Sleptsov. Panáieva frequentemente recebia-os em sua casa; participou ativamente da vida cultural junto com Nikolai Nekrássov, redator da principal revista literária russa, *Sovremiénnik* (*O contemporâneo*), na qual também publicou diversos artigos e textos literários. As obras ficcionais de Panáieva abordam sobretudo temas sociopolíticos e feministas.

Já no fim da vida, Panáieva escreveu suas *Memórias*, que, graças ao seu talento observador e narrativo, fornecem ricos detalhes sobre a vida cultural e literária russa na segunda metade do século XIX. Afinal, ela acompanhou os mais importantes acontecimentos literários dos anos 1840-1860, como a compra e a renovação da revista *Sovremiénnik*, a dedicação abnegada à literatura dos críticos Vissarion Belínski e Nikolai Dobroliúbov, e as discussões incipientes sobre a posição social das mulheres.

Na Rússia dos anos 1850, começou a ser discutida a assim chamada questão feminina, isto é, a questão dos direitos das mulheres. Como resultado, na década seguinte, algumas mulheres passaram a frequentar aulas universitárias como ouvintes, embora não pudessem se tornar estudantes efetivas. A respeito disso, Panáieva descreve a organização, por Vassili Sleptsov, das palestras para mulheres:

> Sleptsov chegou a São Petersburgo no auge da questão feminina e se tornou seu fervoroso propagandista. [...] tentou constantemente colocar em prática seus projetos a favor da questão das mulheres. Os fracassos não arrefeciam sua paixão; se um projeto falhasse, ele assumia outro com o mesmo zelo.
>
> Em 1863, por iniciativa de Sleptsov, foram organizadas palestras privadas de divulgação científica para mulheres. Testemunhei todos os esforços de Sleptsov para organizar essas palestras. Por fim, elas começaram no apartamento de um senhor que era um de nossos amigos em comum. Sleptsov convenceu vários jovens simpatizantes com a questão feminina a lecionarem nessas palestras (Panáieva, 1972, pp. 327-328)[1]

[1] Todas as citações a esta obra (*Memórias*), inédita no Brasil, têm tradução de Thais Carvalho Azevedo.

Entre outros projetos audaciosos de Sleptsov, a escritora lembra da fundação da comuna na Rua Známenskaia, em São Petersburgo, em que mulheres e homens conviviam livremente com base nos princípios socialistas. Visitando a comuna, a escritora ficou intrigada ao ver o próprio Sleptsov esquentando o samovar e servindo o chá. Ao ser indagado sobre o motivo, o fundador da comuna respondeu: "Nenhuma das nossas damas quer servir o chá. Elas acham isso enfadonho demais" (Panáieva, 1972, p. 332). Infelizmente, o projeto da comuna, assim como outros projetos de Sleptsov, não foi longevo.

Também em *Memórias*, Panáieva descreve as trajetórias de algumas de suas contemporâneas que desafiavam as imposições dos papéis de gênero. Já nas primeiras páginas aparece a escritora Nadiêjda Dúrova (1783-1866), também conhecida como Aleksandr Dúrov, Aleksandr Sokolov e Aleksandr Andriéevitch Aleksándrov. Trajada com roupas masculinas, Dúrova participou das guerras napoleônicas. Seu livro *A donzela de cavalaria* (1836) é o primeiro testemunho de autoria trans sobre a guerra e, portanto, também uma reflexão sobre a identidade de gênero. Panáieva, que na época era ainda criança, recorda que "suas maneiras eram masculinas; ela sentou-se no sofá, colocou uma perna em cima da outra, apoiou uma mão no joelho e, segurando um longo cachimbo na outra, fumava de vez em quando" (Panáieva, 1972, p. 62).

Panáieva conta ainda a história de Nadiêjda

Súslova, a primeira mulher na Rússia a obter o título de doutora em medicina:

> Ela era muito diferente de outras jovens da época, que também frequentavam palestras na universidade e na Academia Médica. Em suas maneiras e conversas não havia nenhuma demonstração arrogante de seu conhecimento, nem aquele desprezo ridículo com que tratavam outras mulheres que não assistiam às palestras. Pela expressão enérgica e inteligente no rosto da jovem Súslova, ficou claro que ela havia começado a estudar medicina não por vaidade, para ser conhecida como uma jovem moderna e progressista, mas com um objetivo razoável, e que levava seus estudos a sério, o que mais tarde se confirmou na prática. Quando as mulheres foram proibidas de assistir às palestras na Academia Médica de São Petersburgo, Súslova foi assistir às palestras em Zurique. Em 1868, ela foi a primeira mulher na Rússia (e quase que a primeira mulher na Europa) a se tornar doutora em medicina. Depois, retornou a São Petersburgo para prestar exame na Academia Médico-Cirúrgica. Que sensação ela então criou na sociedade, especialmente na corporação de médicos, entre os quais formaram-se dois partidos: alguns ficaram indignados com a audácia de uma mulher que afirmava se tornar sua colega (naquela época, havia uma convicção geral firmemente enraizada de que as habilidades mentais de uma mulher eram tão fracas que ela não poderia dominar nenhuma ciência); outro grupo de médicos defendia a

igualdade intelectual das mulheres.

> No exame, a Sra. Súslova absolveu brilhantemente os defensores das mulheres: tornou-se doutora e rapidamente adquiriu prática. [...] A Sra. Súslova também se envolveu com literatura; em 1864, duas de suas obras foram publicadas no *Sovremennik*: *Uma história em cartas* e *Uma estranha*. É claro que ela não continuou sua carreira literária por ter se dedicado à medicina.
>
> Como pioneira, Súslova teve que enfrentar e superar muitos desafios e obstáculos em seu caminho; foi preciso um caráter forte e enérgico para atingir o objetivo sem se acanhar com a hostilidade e as zombarias ofensivas (Panáieva, 1972, pp. 332-333).

É bem provável que essas últimas palavras também digam respeito à própria autora de *Memórias*. Além de Nadiêjda Súslova, Panáieva menciona Maria Bókova (Siêtchenova), que também não pôde estudar medicina na Rússia, obteve o diploma de doutora em Zurique e tornou-se oftalmologista em Londres. Panáieva destaca ainda a atividade de Bókova como tradutora das obras de Alfred Brehm sobre zoologia.

Um dos temas que perpassam as *Mémorias* e que também se faz muito presente em *A família Tálnikov* é a desigualdade social. Além da pobreza e analfabetismo da maior parte da população, até 1861 no Império Russo existiu o regime de servidão, que colocava os camponeses como propriedade da nobreza, que também detinha a posse das terras onde eles moravam. Panáieva acompanhou a divisão da herança recebida por seu marido, Ivan Panáiev, e testemunhou o desamparo dos servos-camponeses, privados de quaisquer direitos:

> Quando chegou a hora do sorteio, todos os servos cercaram a casa senhorial, e a enorme antessala encheu-se de pessoas. Quando se soube que mães e pais seriam separados de suas filhas e filhos, por toda parte soaram gritos, gemidos e soluços. As mães, esquecendo o medo, irromperam no salão, jogaram-se aos pés dos herdeiros, implorando que não as separassem dos filhos. Levei muito tempo para me recuperar de cenas tão terríveis (Panáieva, 1972, p. 79).

A novela *A família Tálnikov*, às vezes também chamada de romance, assinada por Panáieva sob o pseudônimo de N. Stanítski, retrata, como já mostra o título, a vida de uma família. Segundo o biógrafo de Panáieva, Kornei Tchukóvski, a escritora teria se inspirado em sua própria infância: "Agora sabemos que em seu primeiro romance, *A família Tálnikov*, ela retratou os pais e que, portanto, a sua infância foi extremamente penosa" (Tchukóvski, 1928a, p. 69). Em *Memórias*, a escritora é bastante seca e sucinta na descrição da sua família:

> Muitas vezes meu pai, ao voltar depois do espetáculo, encontrava as diversas mesas cheias de convidados jogando cartas. Minha mãe não conseguia ficar sem cartas à noite. Meu pai, depois de jantar, ia para a cama. Ele era preguiçoso por natureza e amava a paz. Até se alienou

> irreparavelmente de todas as preocupações com as crianças; mamãe estava encarregada de tudo. Diziam que na juventude meu pai era muito temperamental e, quando estava com raiva, não se lembrava de nada. Como resultado, minha mãe não permitia que ele interferisse na educação dos filhos (Panáieva, 1972, p. 26).

Mais adiante, aparece mais um comentário reservado:

> Minhas irmãs mais velhas e tias levavam uma vida reclusa, sempre em seus quartos. Não lhes era permitido entrar no salão quando havia convidados à noite. Meu pai e minha mãe jantavam com os convidados separadamente. Minha mãe estabeleceu essa ordem há muito tempo, assim que os filhos começaram a crescer (Panáieva, 1972, p. 63).

Já na novela, a escritora escancara as relações de poder que permeiam as famílias aristocráticas tradicionais; tais relações se constroem ao redor das questões de gênero (marido e mulher), de classe (os pais e os empregados da casa) e de faixa etária (entre os pais, os filhos e os avós), entre outras. Inovando nas técnicas narrativas da época, a história é relatada do ponto de vista de uma criança, Natacha, um dos muitos filhos do casal cruel e dissimulado. Mesmo a educação, que deveria trazer alguma esperança de um futuro mais promissor, transforma-se, nessa família, em uma ocupação repetitiva e limitadora do pensamento livre. É com ironia que a autora nos mostra a superioridade de muitas crianças sobre os adultos no tocante à empatia, ao bom senso, ao respeito.

Escrita durante o governo do Imperador Nicolau I, marcado pelas repressões e pela censura, a novela lança mão da linguagem esópica: a família em que os pais reprimem com violência qualquer manifestação de um pensamento ou de uma conduta livre das crianças torna-se metáfora do governo despótico que da mesma maneira domina os seus cidadãos. O padrão opressivo perpassa todas as camadas da sociedade, mesmo as da aristocracia, como é o caso da família Tálnikov. Não por acaso o cenário é a capital do Império: São Petersburgo. Foi precisamente por esse motivo que a primeira publicação da novela, em 1848, foi proibida pela censura:

> A revolução em Paris em 1848 teve um efeito triste na literatura russa. O conde Buturlin foi nomeado presidente do comitê de censura e recebeu, como disseram, as instruções mais rigorosas. O Almanaque começou a definhar nas mãos dos censores: artigos inteiros eram jogados fora e os que restaram eram mutilados. A minha primeira obra, *A família Tálnikov*, publicada no Almanaque, atraiu a atenção especial de Buturlin. Ele pessoalmente fez anotações nas páginas: "cínico", "imoral", e concluiu assinando: "Não permito por imoralidade e por minar a autoridade parental" (Panáieva, 1972, p. 170).

Apesar de não ter chegado aos leitores, a novela caiu nas mãos do maior crítico literário da época,

Vissarion Belínski, que decidiu visitar pessoalmente a autora. Eis como ela descreve a conversa que se deu entre eles durante a visita:

> – No começo eu não queria acreditar em Nekrássov que foi você quem escreveu *A família Tálnikov* ele disse. – Como você pôde ousar não ter começado a escrever há muito tempo? Na literatura, ninguém abordou ainda uma questão tão importante como a relação entre as crianças e os seus educadores e todos os ultrajes que são cometidos contra as pobres crianças. Se Nekrássov não tivesse dito seu nome, mas tivesse pedido que eu adivinhasse qual das minhas conhecidas teria escrito *A família Tálnikov*, sinto muito, mas eu nunca teria pensado que era você.
>
> – Por quê? – perguntei.
>
> – Parece que você está sempre ocupada com tarefas domésticas.
>
> Eu ri e acrescentei:
>
> – Afinal, eu só penso em roupas, como todo mundo diz.
>
> – Eu, um homem pecador, também achei que você só pensava em roupas. Mas deixe todo mundo para lá, escreva e escreva! (Panáieva, 1972, pp. 171-172)

Temos, então, mais um testemunho de como os preconceitos sobre as capacidades criativas das mulheres persistiam mesmo nas mentes mais avançadas da época, como era o caso de Belínski, amigo próximo de Panáieva. Também por esse motivo, Avdótia Panáieva assinava muitos dos seus escritos como N. Stanítski, um pseudônimo que não revela o gênero da autora. A escolha pelo pseudônimo masculino, tão comum na época, garantia que as suas obras fossem publicadas, lidas e levadas a sério, algo que dificilmente seria possível caso a escritora optasse pelo seu próprio nome ou um pseudônimo feminino.

No caso de *A família Tálnikov*, ao apresentar a autora na primeira publicação da novela que de fato chegou aos leitores, em 1928, Kornei Tchukóvski afirmou, sem apresentar nenhuma prova, que Panáieva teria escrito a novela em coautoria com Nikolai Nekrássov:

> É bem provável que o poeta estivesse diretamente envolvido na escrita de *Tálnikov*, pois é improvável que naqueles primeiros anos Panáieva tivesse um domínio completo da técnica de escrita. De qualquer forma, não resta dúvida de que Nekrássov submeteu a primeira obra da sua amada amiga à mais cuidadosa revisão. A sua mão pode ser percebida literalmente em cada página. Isso torna a novela ainda mais valiosa para nós (Tchukóvski, 1928b, p. 98).

A afirmação de que Panáieva não seria capaz de escrever uma novela tão complexa e de que a presença de Nekrássov como coautor torna a obra mais valiosa para os leitores é um lugar-comum da crítica sobre a literatura de autoria feminina: "assim, é colocada em dúvida a independência criativa da autora, ao lado da qual sempre está presente um certo Ele que literalmente direciona a sua pena" (Stróganova, 2005, p. 155).

Em *A família Tálnikov*, o desalento toma conta da narrativa desde o início: não por acaso a novela começa com o enterro de um bebê. No entanto, há nela um quê de esperança: apesar de todas as represálias, a menina-narradora se recusa a agir como uma criança dócil e obediente. Natacha e os irmãos travam uma verdadeira guerrilha contra os adultos, e a rebeldia das crianças se mostra incessante, resistindo ao longo dos dias, numa demonstração de perseverança em meio a um ambiente repressor.

As distorções éticas do universo dos adultos e, em uma escala maior, da sociedade russa da primeira metade do século XIX, são retratadas com uma sutileza e perspicácia psicológicas impressionantes. As traquinagens das crianças e a ironia sutil da narradora deixam esperança de que a criatividade e o livre-arbítrio possam sobreviver mesmo num contexto mais desfavorável, e até se fortalecer através dele. Foi o que aconteceu com toda a literatura russa, que ao longo da sua história teve de desenvolver subterfúgios para sobreviver e driblar a censura e a repressão.

A tradução da novela apresentou alguns desafios. Em relação ao título, o fato de a língua russa não possuir artigos nos dá algumas opções de tradução: "Família Tálnikov", "Uma família Tálnikov", "A família Tálnikov", "A Família dos Tálnikov" etc. Optamos pelo artigo definido para fortalecer o impacto do título, de forma que os Tálnikov soassem, de fato, como uma família importante, uma família tradicional e representativa de todas as outras famílias da aristocracia russa. A palavra *semiéistvo* (семейство) deriva de *semiá* (семья), família, e reforça a ideia dos laços familiares, do pertencimento à coletividade, além de trazer um peso mais formal que é bastante significativo: afinal, é uma família aristocrática que dá grande importância à sua imagem perante a sociedade. Poderíamos, tendo isso em mente, escolher "linhagem" ou "clã", mas consideramos que, além do efeito já bastante formal criado em português quando nos referimos a uma família por seu sobrenome somado ao uso do artigo, o termo "família", devido a seu caráter íntimo e que supõe afeto, poderia causar um efeito irônico e também de contraste com a realidade hostil vivenciada pela família Tálnikov.

O maior desafio, no entanto, está na variação dos tons ao longo da novela. Referimo-nos, de início, ao humor tão bem elaborado e refinado, que remete ao caráter teatralizado, absurdo e até mesmo esdrúxulo que as convenções do mundo adulto e da aristocracia assumem quando vistas pela perspectiva das crianças. A autora dá atenção especial à forma como a narradora criança vê os papéis de gênero, por exemplo, falando dos corsetes tão apertados que deixam os ombros roxos; das maquiagens que parecem fantasias de terror, do desespero das tias para tornarem-se noivas o mais rápido possível. Utilizando-se do procedimento de estranhamento, teorizado por Víktor Chklóvski (1917), Natacha retrata os papéis de gênero revelando aquilo que realmente são: apenas papéis, como se desempenhados num teatro.

Sendo assim, foi necessária uma atenção especial, por parte da tradutora, para compreender o movimento pendular entre os tons de sátira e de tragédia que se revelam e se complementam dentro da narrativa, buscando manter os diferentes sentimentos e sensações suscitados por cada um, bem como as viradas de estilo. Já nos momentos satíricos, há uma ostensiva presença da língua francesa (principalmente quando se trata da moda feminina, temos palavras como: *coiffure, toilette, modestie, tournure*) ligada às futilidades das tias da protagonista e, principalmente, da governanta, mulher cruel, mesquinha e invejosa. A presença das palavras estrangeiras e, em especial, daquelas em francês refletem a discussão, muito em voga na época, sobre o futuro do país: se era preciso copiar cegamente os modelos europeus ou se enveredar por um caminho próprio. Pela importância dessa discussão, decidimos manter as palavras no original, adicionando notas de rodapé que trazem sua tradução.

Outra característica marcante da novela é o caráter de resistência e transgressão das protagonistas femininas. Mesmo criança, Natacha se posiciona contra a opressão e a injustiça cometidas pelos mais fortes, recusando-se a aceitar a alienação a que era submetida e sacrificando-se, logo no início da narrativa, para salvar alguém que considerava ainda mais oprimido que ela, um irmão mais novo de apenas três anos, espancado pelo pai. Assim, Natacha se posiciona firme e corajosamente contra o poder paternal violento e a sociedade conivente. Essa pequena mulher não se entrega à pressão social que tenta encaixá-la nos moldes e padrões de comportamento impostos ao gênero feminino.

Além da protagonista, acompanhamos outras personagens femininas: a mãe, as tias, a governanta e a avó. Se por um lado as tias da protagonista e a governanta refletem um anseio quase vital pelo casamento e pela família, como se apenas esses títulos pudessem trazer-lhes felicidade e dignidade; por outro lado temos a mãe e a avó, mulheres casadas e com filhos que permanecem infelizes. Essa comparação entre as personagens pode ser entendida como uma quebra do mito do casamento como salvação da mulher, uma vez que mesmo aquelas que alcançaram a suposta vida ideal permanecem em sofrimento profundo. A mãe e a avó são personagens que a sociedade entenderia como "mães desnaturadas"; a avó, por sua afeição à bebida, a mãe, por sua falta de amor e empatia pelos filhos. No entanto, essa negligência, ainda que inconsciente, pode ser também interpretada como uma resistência ao papel imposto à figura materna pelo patriarcado.

Numa outra camada de interpretação, vemos durante toda a narrativa o escrutínio atento da rivalidade feminina que surge a partir das pressões sociais impostas às mulheres. A urgência pelo casamento, pelo alcance de padrões de beleza e de comportamento altamente restritivos faz com que as mulheres da história se virem umas contra as outras, de modo a ter seu próprio valor assegurado através da desvalorização de outrem. Como o questionamento dos valores patriarcais estava fora de questão, essa tendência se vira contra o próprio gênero, que é retratado em constante e intenso estado de frustração, representado pela autora de maneira exímia.

Deste modo, vemos o exercício da tradução de escritoras mulheres como um exercício essencialmente feminista, na medida em que nos posicionamos, junto à autora, em contraposição à rivalidade feminina incitada pelo patriarcado ao longo dos anos. A tradução se constrói, assim, como oportunidade de questionar as relações de poder que perpassam a sociedade, a biografia das escritoras e a própria literatura. Sobretudo, encaramos a tradução como território de reflexão, tarefa que pôde nos trazer enriquecimento máximo graças ao espírito profundamente investigativo e contestador de Avdótia Panáieva.

Thais Carvalho Azevedo
Ekaterina Vólkova Américo

Bibliografia

GAN, Elena. *Tribunal da sociedade*. Tradução de Thais Carvalho Azevedo. São Paulo: Nova Alexandria, 2023.

KHVOSCHÍNSKAIA, Nadiêjda. *A moça do internato*. Tradução de Odomiro Fonseca. Editora Zouk: Porto Alegre: 2017.

KOVALIÊVSKAIA, Sôfia. *A niilista*. Tradução de Odomiro Fonseca. Editora Zouk: Porto Alegre, 2024.

PANÁIEVA, Avdótia. *Семейство Тальниковых. (A família Tálnikov)*. Leningrado: Academia, 1928.

PANÁIVEA, Avdótia. *Воспоминания. (Memórias)*. Moscou: Khudójestvennaia literatura, 1972.

STRÓGANOVA, E. Категория «гендер» в изучении русской литературы (A categoria de gênero nos estudos da literatura russa). In: Пол и гендер в науках о человеке и обществе (O sexo e o gênero nas ciências humanas e sociais). V. Uspénskaia (org.). Tver: Feminist-Press, 2005, pp. 151-158.

TCHUKÓVSKI, Kornei. Avdótia Panáieva e Nekrassov. In: PANÁIEVA, A. *Семейство Тальниковых. (A família Tálnikov)*. Leningrado: Academia, 1928a, pp. 5-78.

TCHUKÓVSKI, Kornei. O "Семействе Тальниковых" (Sobre A família Tálnikov). In: PANÁIEVA, A. *Семейство Тальниковых. (A família Tálnikov)*. Leningrado: Academia, 1928b, pp. 97-102.

TOLSTÓI, Lev; TOLSTÁIA, Sófia. *Tolstói e Tolstáia*. Tradução de Irineu Franco Perpétuo. São Paulo: Carambaia, 2022.

Avdótia Panáieva
(N. Stanítski)

A família Tálnikov

Notas encontradas nos papéis da falecida

Tradução a partir de: Panáieva, Avdótia. Семейство Тальниковых. (A família Tálnikov). Leningrado: Academia, 1928.

I

Em uma sala iluminada por uma vela derretida, lavavam o corpo da falecida – minha irmã de seis meses. Seus olhos, opacos e imóveis, enchiam-me de horror. Havia silêncio no cômodo; meu pai e minha mãe não choravam; apenas a ama de leite – mas pelo *povóinik*[2] dourado e casaco de peles que tinha perdido devido à morte prematura da minha irmã; se ela tivesse esperado mais cinco ou seis meses para morrer, o seu trabalho teria terminado, e a recompensa prometida não lhe teria escapado das mãos.

No primeiro minuto, a morte causou-me uma forte impressão, mas concluí, pela perfeita indiferença das pessoas ao meu redor e pela ausência de meu pai e de minha mãe, que não era uma coisa importante. As brigas periódicas entre minha mãe e minha avó me pareciam muito mais importantes, levando em conta as abundantes lágrimas de minha avó e os gritos ameaçadores de minha mãe, que exigia uma prestação

[2] Chapéu típico de adorno usado por mulheres eslavas casadas, redondo e com o topo oval.

de contas: para onde fora o dinheiro dado para despesas e por que é que as provisões haviam acabado tão cedo?... Eu estava sempre do lado daqueles que choravam, talvez porque eu mesma chorasse muito, não sei; senti mais pena da vovó chorando do que de minha mãe zangada. A longa briga era seguida de uma reconciliação, e as novas lágrimas de vovó, já não tristes, mas alegres, encerrariam a cena até o mês seguinte, ou seja, até a nova compra de provisões...

Quando comecei a criar consciência de mim mesma, tinha cerca de seis anos de idade. Tínhamos muitos familiares vivendo em casa: as duas irmãs de minha mãe e a irmã e a mãe de meu pai. Amávamos muito a vovó, porque ela nos mimava... Mamãe cuidava muito pouco de nós, e o meu pai, ocupado com o serviço, não prestava a mínima atenção aos seus filhos, cujo número aumentava, sem falhar, a cada ano. Eu já tinha duas irmãs – Kátia e Sônia[3], e três irmãos – Micha, Fédia e Vânia[4]... Não nutríamos nenhuma ternura especial por nossos pais, que, por sua vez, também não eram muito carinhosos conosco. Lembro-me de um caso: mamãe estava fora durante todo o verão para ser tratada nas águas termais alcalinas. Chegou o dia em que deveria regressar: toda a casa a esperava, mas ela acabou não chegando naquele dia. Fomos colocados na cama, mas eu não conseguia pegar no sono: queria muito ver a mamãe. Quando todos tinham saído do quarto,

[3] Kátia, apelido de Ekaterina; Sônia, de Sofia.

[4] Micha, apelido de Mikhail; Fédia, apelido de Fiódor; Vânia, de Ivan.

levantei-me e andei na pontinha do pé, sentei-me junto à janela e comecei a olhar para a rua, atenta a qualquer barulho. Mas a mamãe não vinha! Eu estava prestes a chorar, meu coração batia forte ao menor dos barulhos nos outros cômodos. Enfim a casa inteira adormeceu. Eu também adormeci, exausta pela espera. Sonhei que minha mãe me beijava com ternura e me segurava em seu colo: me senti tão feliz. De repente, escuto: "Mamãe chegou!" Desci as escadas apressada, e o meu primeiro impulso foi correr até ela, que pareceu surpreendida com a minha alegria e me beijou. Eu chorava... eles me cercaram, começaram a perguntar o que havia comigo, por que estava chorando. Eu disse que estava feliz em ver a mamãe. Todos riram, mamãe, sorrindo, me pegou no colo. Agarrei seu pescoço, abracei-a com força e chorei mais do que nunca. Ela tentou me acalmar, ofereceu presentes, mas eu os recusei e continuei a chorar, cobrindo o rosto com as mãos... Mamãe decidiu que eu estava doente e, dizendo: "Olha como ela está tremendo", ordenou que eu fosse levada para o quarto das crianças e colocada na cama. Pedi para vê-la de novo, mas não me deixaram...

Nossa mãe não nos dava muito carinho e não se ocupava muito conosco, em compensação, sofríamos pouco com ela; já a fúria em que o nosso pai por vezes caía era demasiado sentida por nós. Em seus momentos de cólera, ele costumava bater em todos que encontrava e quebrar tudo que caía em suas mãos. Quer estivesse batendo em crianças ou em seu cão de caça, a expressão em seu rosto era a mesma – o desejo de saciar sua raiva. Espetava um garfo nas costas do cão com a mesma calma perversa com que jogava um prato em sua mulher. Lembro-me de uma vez em que meu irmão de três anos e eu experimentamos por acaso um de seus ímpetos de fúria. Era a semana do salgueiro[5]; meu pai havia voltado de algum lugar, pediu café da manhã e bebeu uma garrafa inteira de vodca. No canto da mesma sala, meu irmão e eu brincávamos com ramos de salgueiro. Papai decidiu que queria participar de nossa brincadeira e sugeriu que meu irmão batesse nele com um salgueiro, dizendo: "Vamos ver quem bate mais doído..." Meu irmão bateu em nosso pai com ânimo, mas em seguida foi acertado por um golpe tão forte que gritou de dor. Papai disse: "Bem, agora é sua vez de novo. Não chore! É esse o jogo: chicote de salgueiro – chora o cavaleiro..." Mas meu irmão continuou a chorar, e por isso recebeu um novo golpe, seguido de vários golpes mais lentos, mas não menos cruéis. Meu pai era notável por sua força: ele dobrava em um nó o ferro atiçador de brasas. No início não me atrevi a defender o meu irmão, a minha ideia sobre os direitos dos pais era que lhes era permitido não só punir, mas também matar as crianças, e eu ainda não compreendia o que era injustiça. Mas os gritos de meu irmão fizeram-me esquecer de tudo: corri para ele e fiquei em sua frente, deixando meu pescoço

[5] Tradição cristã ortodoxa que corresponde à semana de palmeiras na tradição católica.

e peito abertos ao meu pai para o sacrifício. Sem perceber nada, ele se pôs a me bater. Ora calando-me, ora gritando mais forte, tentei fazê-lo interromper seu jogo cruel, mas ele, pálido e contorcido de raiva, continuou a chicotear-me com o salgueiro, metódica e lentamente... Não sei em quanto tempo essa cena teria terminado e o que teria acontecido conosco se nossa mãe não tivesse vindo correndo ao nosso grito e arrastado meu pai para longe. Estávamos ensanguentados; minha mãe, se bem me lembro, pela primeira vez na vida apertou-me contra seu coração, mas a sua ternura durou pouco; quando voltou a si, ordenou-me a ir para o quarto das crianças e ameaçou-me se eu ousasse brincar de novo na sala sem a sua permissão. Meu pai andava pelo cômodo em silêncio, como se procurasse novo alimento para sua fúria. Por fim, pediu outra garrafa de vodca, bebeu-a toda, pegou o chapéu e saiu. O guincho estridente do cachorro – com que ele se deparou na antessala – ressoou por toda a casa.

Meu pai geralmente caía nesse estado de espírito quando estava com desagrados no trabalho, má sorte em suas coqueterias ou quando a esposa o importunava com seus ciúmes. Lembro-me de uma vez em que ele beijou uma mulher de aparência agradável na presença de minha mãe. Ao ver as lágrimas dela, que não escondiam a raiva, eu estava prestes a me lançar contra ele, mas meu pai saiu irritado acompanhado da convidada...

Enquanto isso, a família crescia a cada ano. Nossos pais reconheceram a necessidade de nos educar e obrigaram-nos a sentar à mesa com um livro durante duas horas por dia. Nossos estudos não iam além da memorização de fábulas com ensinamentos morais como "o arrependimento não ajuda" e algumas orações das quais não entendíamos uma palavra sequer. Toda a nossa religiosidade limitava-se a isso.

Tentamos muitas vezes compreender o que era o diabo, que pudemos enxergar com nitidez à noite ou nos quartos escuros graças às histórias absurdas das babás e das amas de leite; vínhamos correndo para perguntar sobre ele às nossas tias, as quais também não se podia dizer que gozassem a vida e a liberdade, e por isso sofríamos muito com elas: insatisfeitas com nossa mãe, descarregavam sua raiva sobre nós. A resposta às nossas perguntas costumava ser bastante curta e expressiva: "Fora daqui! Que enfado! Arranco-lhes as orelhas!", e muitas vezes o curioso voltava com as orelhas vermelhas para recomeçar o debate sobre o diabo...

Eu nunca tinha visto outros livros para além do abecedário, por isso as histórias da ama de leite me pareciam extraordinariamente fascinantes. Se o herói ou a heroína sofriam, chorávamos e pedíamos à ama que os fizesse felizes, prometendo-lhe em troca um pão seco. Os pedaços de pão seco desempenhavam o papel de moeda de troca entre nós. Recebíamos quatro pães por dia, e eram a única propriedade que tínhamos à nossa disposição. Mas muitas vezes eu tinha de substituir os pães secos pelas minhas bonecas, porque era comum me deixarem sem o chá da tarde. Entre nós floresciam o comércio, e até os insultos pessoais eram redimidos em troca de pães. Certa vez, irritada com as provocações e as tantas travessuras de minha irmã mais velha, que atrapalhava minha brincadeira, deixei-me levar pela raiva sem pensar nas consequências e bati em seu rosto. A ofendida correu feliz para a porta, ameaçando queixar-se ao nosso pai, que nesses casos castigava severamente a culpada sem considerar as razões que a fizeram recorrer a tão extrema medida. Sabendo que podia pagar a dívida, fiquei calma e ofereci pães secos. Mas desta vez minha irmã, pelo sentimento de dignidade ofendida, rejeitou a redenção tão comum e ofereceu-me a seguinte condição: que eu lhe entregasse e guardasse seus brinquedos sempre que ela mandasse, durante cinco anos. Aceitei a condição, contando com o seu absurdo, mas eu estava errada. As consequências foram tristes.

Não sei o porquê, mas as minhas queixas e justificativas não tinham peso algum, não só junto dos mais velhos, mas até junto dos meus irmãos e irmãs; os mais novos podiam rasgar-me as bonecas e os vestidos, beliscar-me e empurrar-me, impunes, sem consequências, pensava eu, porque eu tinha o cabelo escuro demais. O meu irmão mais velho também era assim, mas não sofria por ser moreno, pelo contrário, até tinha algum peso, porque era forte e teimoso. Minha irmã planejava de propósito suas ordens para sempre afastar-me das minhas bonecas. Por fim, um dia minha paciência se esgotou: recusei-me a cumprir as suas ordens. Ela correu para se queixar à titia.

Esta tinha um prazer especial em castigar-me. As ameaças desabaram feito uma chuva de granizo sobre minha cabeça morena. Mas eu não me envergonhei e anunciei sem rodeios que já estava farta: "Durante três anos inteiros, fui tola e obedeci à minha irmã, mas agora nunca mais lhe levarei brinquedos, por nada..." As minhas orelhas, as minhas pobres orelhas eram sempre as primeiras a sofrer! Minha tia me levou para um canto pela orelha; comecei a chorar e a me queixar, mas paguei caro pela resistência: anunciaram-me que não me deixariam comer durante uma semana inteira. Fiquei tantas vezes sem o chá da tarde, sem almoço e sem jantar durante um mês inteiro, que este castigo se tornou um hábito para mim, e só sofria nas ocasiões em que, esquecendo-me do castigo, por distração ia para a mesa, e de repente alguém gritava: "E a senhorita está aqui por quê? Esqueceu-se de que hoje não há chá para você?!" Então eu me zangava e chorava... Certa vez havia sido deixada sem o doce. Titia pensou em me pregar uma peça na frente dos outros e disse com um sorriso malicioso: "Dê-me o seu prato, vou colocar um doce para você!..." Eu corei inteira, mas de imediato me recuperei e respondi que o médico havia me proibido de comer aquele doce... A fúria distorceu o rosto de minha tia, e ela anunciou solenemente aos convidados que eu era insensível; ainda me atrevia a zombarias quando castigada, e acrescentou que precisava de um castigo mais severo. Depois do jantar, ela pôs sua ideia em prática...

Exceto por esses pequenos aborrecimentos, até os dez anos vivemos alegre e livremente, entregando-nos a brincadeiras sem distinção de gênero, porque nossos pais também não faziam distinção entre nós: a punição com varas era a mesma para meninos e meninas. Apenas minha irmã mais velha, considerada uma menina mansa, inteligente e esforçada, não era açoitada. Às vezes, se não estivesse eu mesma sendo castigada, intervinha pelo ofendido e recebia a punição por ele, mas minha irmã não se comovia por nada, observava com calma quando um inocente era injustiçado em sua presença – e nunca chorava...

A morte de vovó pôs fim aos tempos dourados de nossa infância – tempos dourados, pois logo perdemos as alegrias de que desfrutávamos com ela. Vovó ficou muito doente e, como já tinha 60 anos, não pôde vencer a difícil doença. Certa noite, passou muito mal e todos nós fomos mandados para cama mais cedo do que o habitual, o que só acontecia em ocasiões especiais. Não sei como, mas tive a coragem de me esconder num canto escuro do quarto, iluminado por um único candeeiro, e vi como a filha da minha avó, tia Aleksandra Semiónovna, estava em prantos, e a minha mãe também chorava, mas as suas lágrimas não eram como as da titia e não me tocaram; o meu pai estava sério. Vovó benzeu-os a todos com o ícone, despediu-se deles e exigiu os netos, mas minha mãe disse que podia despedir-se deles depois. A doente não insistiu e, levantando a voz, exigiu que mamãe e papai jurassem perante a imagem santa não fazer mal à órfã que, soluçando, jazia aos seus pés. Mamãe disse qualquer coisa à moribunda, que respondeu com suspiros quase inaudíveis e um abanar, como que em sinal de agradecimento — e, de repente, sua cabeça tombou para o lado. Meu pai arrastou minha mãe, que se pôs a soluçar alto para longe da cama e levou-a para outro quarto, deixando uma das filhas sozinha aos pés da velha quase morta... Fiquei com medo e corri para o quarto das crianças, onde estava calmo e escuro, despi-me em um instante e me deitei...

De manhã, nos acordaram repetindo: "Levantem-se, sua avó está morta!" Dei um pulo e corri direto para o quarto onde na véspera minha avó havia abençoado minha mãe e meu pai, mas parei na soleira da porta como se estivesse acorrentada, entorpecida de horror: o corpo enrugado e imóvel jazia no chão sendo lavado por duas mulheres, que torciam rudemente seus braços e pernas enrijecidos; a princípio não pude ver o rosto, porque estava coberto de cabelos grisalhos desgrenhados; mas quando uma das mulheres agarrou o cabelo dela e jogou para trás para lavá-lo, reconheci vovó — quase gritei de medo, e então saí correndo. Percebendo minha palidez, todos começaram a perguntar o motivo:

— Eu vi a vovó, algumas mulheres a lavavam! — respondi, tremendo.

Ameaçaram castigar-me por minha curiosidade, mas, por falta de tempo, limitaram-se a uma ameaça.

Mais tarde, quando vi minha avó deitada sobre a mesa com uma touca e vestido brancos, não consegui entender por que tivera tanto medo dela pela manhã.

Quase todos os habitantes da casa vieram para ver o rosto sem emoção de vovó e a titia chorando. Junto ao caixão, um diácono com uma pequena trança recitava alguma coisa meio para dentro, e nós o entretivemos com perguntas e histórias. A ternura de minha mãe para com titia não me passou despercebida; beijava-a constantemente na frente de todos, sentava-a a seu lado e a convencia a comer. Tive muita pena de titia... Chegava o dia do funeral. Ficamos muito contentes por nos levarem ao cemitério, embora tivessem decidido nos levar apenas porque não havia ninguém com quem nos deixar em casa... A sala onde se encontrava o corpo encheu-se de gente. Os cânticos soturnos dos acólitos e os grunhidos estranhos da minha mãe sufocavam minha respiração, e me pus também a chorar amargamente. Começava a despedida: nosso pai aproximou-se do caixão, frio e pensativo, e beijou sua mãe, que raramente havia recebido carinho do filho durante a vida. Atrás dele, aos berros, minha mãe se aproximava para prestar a sua última homenagem à mulher em quem provocara tantas lágrimas amargas e humilhações. Depois de beijá-la, começou a debater-se, soltando longos gemidos, e desabou perto do caixão.

Arrastaram-na para longe e puseram-se a cuidar dela. Em seguida, chegou a vez da filha que, acredito eu, era a única criatura que amava a falecida e tinha direito a um último beijo. Soluçando baixo, encostou seus lábios nos lábios azulados da mãe, depois nos seus olhos, e nos seus lábios outra vez – teria permanecido nessa posição por muito tempo se meu pai não tivesse arrancado sua irmã debilitada de cima da falecida e a entregado aos braços de seus parentes entediados. Chegou a nossa vez, eu tremia e soluçava com a pesada impressão, beijando minha avó pela última vez. Os parentes e pessoas de fora nos sucederam com rostos apáticos, seguidos por criados. De repente, fez-se silêncio, ninguém se aproximou para se despedir, mas como que sem querer, hesitavam em cobrir o caixão.

O padre perguntou: – Todos se despediram da falecida? – Como não houve resposta, ele fez um sinal com a mão. Quando colocaram a tampa do caixão, me senti tão pesada e sufocada por minha avó, como se estivessem me trancando na morte com ela – e o primeiro golpe do martelo me abalou tanto que cobri o rosto com as mãos e desatei a chorar. Não sei por quanto tempo chorei, mas meu irmão me tirou do transe, me empurrou e disse:

– Natacha, corra depressa para a carruagem, senão você vai se atrasar, vai ficar sozinha!

Assustada, corri atrás dele para fora da sala.

No embalo da vagarosa procissão atrás do caixão, caí num sono muito doce. Quando desembarcamos da carruagem, corri direto para o campo, que via agora pela primeira vez na vida. Colhi flores e várias ervas pequenas, persegui borboletas e até apanhei uma, o que me causou uma alegria indescritível; então tive pena dela e deixei-a voar livremente, mas a pobre borboleta bateu as asas e rodopiou em minha mão — só então reparei que lhe havia quebrado uma asinha por descuido... Estava prestes a chorar, quando de repente ouvi um canto que me fez lembrar onde eu estava e o por quê. Larguei a borboleta e, como uma flecha, corri em direção ao canto. Juntei-me à procissão, sem fôlego, e entramos num jardim com bonecos de pedra, como então me pareceu. A procissão parou junto do túmulo preparado. Minha atenção foi capturada por uma minhoca muito, muito comprida, que rodopiava com uma descomunal rapidez sobre a terra escavada.

Prestei mais atenção e vi muitas minhocas que, desesperadas, tentavam rastejar para fora do solo, para nele rapidamente se esconderem de novo. De súbito, alguém puxou meu vestido, me virei e vi duas velhas, feias e enrugadas em vestidos pretos de um estilo estranho e lenços igualmente negros.

— Quem está sendo enterrado, um dos seus ou o quê?

— Sim, estão enterrando a vovó.

— E qual é a sua mãe, a cheinha ou a magra?

— A cheia.

— Oh, é ela, minha pombinha! Como ela chora bem! Então, é a mãe dela que morreu?

— Não, essa avó está viva.

— Ora, minha querida, como ela pode estar chorando pela mãe de outra pessoa?

— Como assim, "de outra pessoa"? Ela é a vovó.

— Ah, então ela é a mãe daquela mulher magra?

— Sim, esta é a titia.

— E quem é seu pai?

— Meu pai? — E eu fiz uma pausa. — Oh, é aquele ali, ele está ali!

— Não, senhorita, queremos saber onde ele serve.

— Ele é músico.

— O quê? — perguntou a velha. — Mú-si-co?

A velha pronunciou a palavra bem entoada, então eu repeti para elas:

— Músico!

— Tua avó tinha dinheiro? — perguntou com rispidez.

Pareceu-me estranho que de repente ela começasse a me tratar por "tu". Respondi com frieza:

— Que dinheiro?

— Bem, tua avó deixou dinheiro para tua tia?

— Não!

Eu disse isso para irritar as velhas, sem saber se minha avó tinha dinheiro ou não.

— Oh, pobrezinha! Uma órfã, sem pai, sem mãe!

Neste momento, as duas velhas começaram a suspirar e condoer-se do amargo destino da órfã. Porém logo se calaram, assim que perceberam o alvoroço que se fazia na procissão. Puseram-se a descer o caixão na cova aos gritos, choros e cânticos. Eu não pude pensar sem repulsa que a vovó seria deixada sozinha no subsolo com tantas minhocas... Jogavam terra no caixão.

Minha mãe jogou tragicamente seu punhado de terra na cova, depois pegou titia pela mão e a levou para longe, dizendo:

– Chega, chega! Agora tudo já acabou!

Titia soltou um grito pela primeira vez e se lançou no colo de minha mãe. Eu assisti à cena e chorei, e quando ela caiu, quis correr ao redor do túmulo para me aproximar, mas uma das velhas agarrou minha mão e disse:

– Por que não atiraste a terra para tua avó? Veja, todo mundo atira!

– Me deixe em paz! Não quero jogar minhocas no túmulo da minha avó.

– Besteiras! Para ela tanto faz. Uma a mais, uma a menos! – entoou a outra velha, com uma risada repulsiva.

– Se não o fizeres, tua avó virá te visitar esta noite em uma mortalha e...

Sem ouvir as palavras terríveis da velha, com medo joguei flores no túmulo, puxei minha mão de volta e corri atrás de minha mãe. As gargalhadas das velhas me acompanharam como o grasnar de um corvo.

Ao chegar correndo à igreja, fui logo espremida em uma carruagem já cheia de irmãos e irmãs. Mamãe perguntou à jovem que se sentava conosco:

– Estão todos aqui?

E ela respondeu: – Todos.

Então, começou a nos contar com o dedo; havia oito, ou seja, nem mais, nem menos de quantos éramos...

Avançamos, mas depois de alguns *sájens*[6], a carruagem teve de parar. Ao nosso encontro, era carregado um pequeno caixão; atrás dele, exausta e cambaleante, corria uma mulher pálida. Ela torcia as mãos e gritava como se quisesse parar a procissão. Pela primeira vez na vida vi um desespero tão profundo e perguntei-me como é que se podia chorar tão amargamente por uma criança pequena, recordando a morte da minha irmã, por quem ninguém havia chorado. A propósito, minha mãe se apressou em me tirar das dúvidas com sua observação:

— Que tola! Por que é que está chorando? — disse ela olhando para a mulher em prantos. — Que tesouro ela perdeu! Deve ter sido o primeiro filho! Queria ver se já tivesse vários! — Então acenou nervosa com a cabeça para a direção de nossa carruagem e gritou zangada para nosso cocheiro: — Estúpido! Por que fica aí parado?

O cocheiro estremeceu com a saudação inesperada e, como por um choque elétrico, seu susto se imprimiu nos flancos ossudos dos cavalos que, estremecendo, seguiram uma viagem pacífica após dois ou três arrancos desesperados... O caminho me pareceu muito curto; cada um de nós contou sobre suas impressões e aventuras no cemitério: alguns falaram das minhocas, outros dos defuntos, que foram muitos naquele dia.

Chegamos em casa. Os cômodos haviam mudado por completo. Em vez do caixão, vi uma mesa comprida, cheia de todo tipo de garrafas. Havia muitos convidados; logo todos se sentaram à mesa, exceto as crianças.

[6] Antiga medida russa equivalente a cerca de 2,1 metros.

Para nós não havia lugar, uma vez que os diáconos haviam sido colocados nos nossos. Começaram a servir os pratos.

Instaurou-se um silêncio terrível, então espreitei da outra sala para saber se eles não estavam de novo pregando o caixão de vovó. Mas os rostos contentes dos convidados me tranquilizaram; no lugar do caixão havia garrafas, no lugar do aroma de incenso, um cheiro agradável de sopa de peixe e de uma enorme torta recheada. Comeram demais e por um longo tempo, de modo que até me entediei vendo como todos mastigavam e mastigavam, e o lento balançar das cabeças inebriadas me trouxe melancolia...

Apesar dos três dias de medo, passei o tempo de maneira agradável, pois pela primeira e última vez na minha infância me senti livre, provavelmente porque ninguém se lembrava de minha existência...

II

A ternura de mamãe logo se esgotou: no mesmo dia ela se despediu de tia Aleksandra Semiónovna com muita frieza, e pela manhã ficou zangada com ela pela desordem na cozinha e no quarto das crianças. Titia, sem esperar seis semanas, tomou posse da herança, que consistia em um ícone, um velho vestido e dois travesseiros de penas. Em vez de carinho e compaixão, mamãe deu-lhe poder ilimitado sobre o quarto das crianças e controle limitado sobre a cozinha.

Logo grandes mudanças aconteceram entre nós. Minha mãe achou desnecessário ver as crianças na sala e no quarto dela, por isso fomos proibidos de entrar lá, sob a pena das mais severas punições. Até um costume de dez anos foi anulado: à noite não nos despedíamos mais de nosso pai e de nossa mãe. "As crianças", dizia ela, "já são um enfado durante o dia, além do mais, minha saúde não me permite gastar energia com elas!" E, talvez para melhorar sua saúde debilitada, passava não apenas o dia inteiro, mas também a noite toda jogando cartas. Às vezes era assustador aproximar-se dela: uma noite sem sono, uma perda considerável no jogo irritavam-na tanto que muitas vezes ela própria cancelava o beijo matinal em sua mão, temendo as consequências.

Meu pai reprovava a paixão de sua esposa pelas cartas. As brigas frequentes por causa de dinheiro endureceram mamãe cada vez mais contra os filhos. Para aliviar a sua consciência, começou até mesmo a fazer contas, nas quais papai podia ver com clareza que a sua paixão pelo jogo lhe custava algumas centenas por ano, enquanto milhares eram gastos com os filhos. Embora, na verdade, fosse o contrário. As manhãs eram especialmente difíceis para todos os habitantes da casa. O cozinheiro era repreendido por não conseguir fazer o milagre de alimentar vinte e cinco pessoas com o que mal dava para dez. Titia era repreendida por tudo: pelas falhas dos criados, pelos convidados que beberam demasiado vinho, pelas crianças que ela nem tinha visto naquele dia; numa palavra, mamãe gritava e castigava, não de acordo com o que era justo, mas com o quanto havia perdido no jogo... Por alguma predestinação, eu caía sempre nos primeiros impulsos da sua irritabilidade. Uma vez, ao reparar em mim através do espelho diante do qual titia penteava-lhe os cabelos, exigiu que eu lesse em russo. A leitura começou; para cada erro, recebia um empurrão na cabeça ou nas costas. As lágrimas impediam-me de ler e eu, para minha desgraça, errava todas as palavras. Num acesso de fúria, mamãe acabou por me bater com tanta força na mão que estava apoiada no livro, que este voou para cima e meu braço estalou e desabou como um peso. Gritei e empalideci de dor.

Papai ficou evidentemente feliz com o temperamento explosivo de sua esposa: ele próprio tinha sido afastado da administração da casa e dos filhos por causa de sua irascibilidade, e agora tinha a oportunidade de censurar a mulher por sua paixão pela jogatina, que produzia tais consequências. Começou a examinar e a esticar meu braço; eu chorava com amargor... Por fim, ordenou-me que fosse para o quarto das crianças; fui, livrando-me da leitura, mas a dor não me impediu de ouvir a conversa deles enquanto me afastava:

– Na sua opinião, ela não precisa aprender a ler?...

– Mas de que adianta você ensiná-la a ler se ela não tiver como escrever?

E então mamãe começou a falar muito rápido e, quando me aproximei do quarto das crianças, a conversa transformou-se em gritos e lágrimas.

Esse incidente fatídico decidiu o nosso destino. Nossos pais resolveram contratar uma governanta. Infelizmente, a oportunidade não tardou a aparecer. Uma senhora nossa conhecida havia demitido sua governanta por ser demasiado rude com as crianças. Apesar do terrível constrangimento do espartilho, a que se submeteu por vontade própria com abnegação exemplar, essa jovem de vinte e quatro anos, que dizia ter vinte e um, gozava de toda liberdade no trato com as crianças: as orelhas das pobres criancinhas estavam sempre ensanguentadas; ela deixava crescer de propósito a unha do dedo médio e cortava-a pontiaguda, para que o castigo fosse mais sentido. Se o espartilho a impedia de levantar o braço, ordenava que a vítima se ajoelhasse, puxava a orelha ou o cabelo para cima e exigia que a vítima se agachasse. Em caso de desobediência, o castigo aumentava. Pegava numa régua e dava a seguinte condição: se levantasse bem a palma da mão, recebia dez golpes; se tentasse esquivar, vinte.

A severidade exemplar e a visão sobre educação semelhante a de meus pais fizeram com que o negócio fosse fechado muito depressa: ela foi contratada por quatrocentos rublos em notas por ano para ensinar tudo o que quisesse, para vigiar a moral como quisesse, para punir quanto e como sua alma tivesse vontade; foi-lhe até mesmo dado o direito, se achasse necessário, de exigir a ajuda de um criado para punir os irmãos, que eram bastante fortes... Para nos apresentarmos à governanta, fomos lavados, penteados e arrumados. Fui apresentada como uma pessoa suspeita, necessitando de vigilância constante e especial severidade, expressa da seguinte forma:

— Ela é um perfeito moleque, até brinca com eles o tempo todo, e que preguiçosa! Ela começa a chorar só de olhar para um livro!

A governanta tranquilizou minha mãe com a esperança de minha correção, dizendo-me:

— *Mademoiselle Nathalie*, você deve se corrigir, senão vou puni-la junto com os meninos.

Nenhum de nós gostou da aparência da governanta; seus cabelos ruivos estavam presos com extraordinário cuidado, seus olhos castanhos e perversos ora disparavam com rapidez, ora se estancavam em um objeto, como se quisessem atravessá-lo; sua boca grande sorria incessante, o que dava uma expressão maligna e enjoativa ao seu rosto grande e redondo, a todo momento corado e coberto de inúmeras sardas e um pó branco. Sua cintura desafiava as leis da natureza: era tão afinada pelo espartilho que seus ombros, bastante grossos e largos, cobertos de sardas marrons, ficavam totalmente roxos e pareciam pedaços de carne crua.

Seus trajes eram tão desagradáveis quanto ela mesma. As mãos, brancas e macias, estavam desfiguradas por unhas azuis e inúmeros anéis com e sem esmeraldas e rubis, os quais, segundo uma investigação minuciosa de uma de nossas tias, revelaram-se falsos. No entanto, tal descoberta não prejudicou em nada sua amizade; vários segredos e empréstimos relativos ao vestuário extinguiram de todo, por um tempo, os sentimentos hostis das tias em relação à língua francesa, cujo conhecimento era uma vantagem da governanta. Percebemos que os rostos das tias também começaram a parecer mais esbranquiçados...

Quanto a nós, em primeiro lugar, passamos de Sônia, Katia e Natacha a Sophie, Catherine e Nathalie; e nossos irmãos a Jean, Michel etc. A governanta chamava as tias de *ma chère*[7]; e elas puseram-se também

[7] Minha querida.

a chamar-lhe *ma chère.*

– *Ma chère*, a Catherine tem de ser castigada hoje.

– Está bem, *ma chère*, a deixarei sem as guloseimas que prometi.

Os castigos eram calculados de tal forma que a governanta e as tias recebiam sempre uma dose dupla de doce ou de sobremesa... Mandavam-nos tratar a governanta por *Mademoiselle.* Em francês, fizemos progressos rápidos: *Permettez-moi sortir, pardonnez moi*[8], este último, decorei muito depressa.

Nossa liberdade foi ainda mais restringida. As crianças ficaram todas confinadas num quarto; o outro, contíguo a este, tornou-se uma sala de aula e de costura, de posse das três tias e da governanta, e uma sala de jantar. (É preciso dizer que, desde a morte da vovó, nem nós nem as tias jantávamos na mesa comum). Éramos proibidos de entrar ali fora do horário de aula... O quarto onde ficávamos presos era muito pequeno para oito crianças, o que, no entanto, não os impediu de construir ali um mezanino, onde juntavam a roupa suja de toda a casa, tralhas diversas e o vestuário das crianças, que não era luxuoso. Ali havia tantas baratas que o silêncio total nunca poderia reinar no cômodo: assim que o barulho cessava, ouvia-se um farfalhar abafado e misterioso, que lembrava o poético esvoaçar de folhas sacudidas pelo vento. Ai de quem esquecesse algo comestível ali, imediatamente tudo era devorado pelas criaturas bigodudas predadoras... Desde o

[8] Permita-me sair, perdoe-me.

nascimento do último bebê, a ama de leite havia se instalado com ele no mezanino na companhia de uma lavadeira que tinha o costume de se embriagar. Mamãe não viu o novo filho durante seis semanas, alegando que a mudança de ar seria prejudicial a ele, e que a sua saúde não lhe permitia subir as escadas... Ela desprezava especialmente as filhas, argumentando da seguinte forma: "Quando o menino cresce, já some de vista, enquanto a fedelha nós devemos manter em casa até que se case, mas quem é que vai querê-la? O pai não possui nada, e seu rosto não seduz ninguém... Nem sei a quem todas elas puxaram. O pai não é feio, a mãe..." Aqui ela parava, deixando que alguma conhecida que ela precisava que caísse em suas graças, terminasse a frase. E quando esta lhe dizia que "a senhora, querida Maria Petrovna, pode-se dizer que é uma rainha, e se suas filhas tivessem puxado sua beleza, teriam noivado mesmo sem dote", ela concluía: "Sim, pois é, Deus nos presenteou com filhas feias... Se pudesse ver os pés que elas têm... um horror! Se pelo menos fossem como os meus..."

Devo ressaltar que seus próprios pés eram enormes e extremamente feios e, por isso, quando falava de alguém, começava pelos pés, atacando-os com uma ferocidade desmedida, sobretudo se não fossem de mau aspecto, e só depois passava à cabeça; em geral, não gostava de deixar passar nada, discorrendo sobre os defeitos das filhas com tanto prazer e deleite quanto uma mãe profundamente amorosa falaria das virtudes, não deixando passar nenhum dos mais insignificantes e, até mesmo, num excesso de raiva, inventando outros inexistentes... Se a ama de leite descia as escadas, era repreendida por andar casa afora e proibida de descer sem ser chamada.

É natural que, nesta ordem de coisas, as crianças doentes fossem muito malcuidadas. Certa vez, em uma noite de inverno, estávamos no mezanino, iluminados por uma luz noturna disposta em uma lata de pomada na qual era derramado óleo vegetal com uma boia. Os gemidos do bebê doente, misturados com todo tipo de delírios da lavadeira, que dormia, nos obrigaram a parar de brincar de cartas e a começar a falar de nosso irmão doente.

– E se ele morrer?... Seria terrível continuar aqui!...

De repente, ouviu-se um grito estranho do canto da cama. Estremecendo, olhamos em volta e vimos a lavadeira que, de cabelos curtos desgrenhados, rosto pálido e trêmulo, levantava-se da cama. Ficamos com medo e a chamamos pelo nome. Ela deu um salto e, correndo em nossa direção, gritou:

– Afastem-se, demônios! Vocês querem me estrangular!

Com barulho e gritos, corremos até a escada, derrubamos a luz noturna e não descemos, mas quase rolamos escada abaixo. A babá e a ama vieram correndo ao nosso choro e, após nos indagarem sobre o motivo, foram até o mezanino. Tudo ali estava de pernas para o ar. As almofadas no chão, o banco virado, os nossos vestidos no chão... Olhamos para o berço e encontramos o nosso irmão em terríveis convulsões. Cinco minutos depois, seu sofrimento cessou.

Provavelmente, a pobre criança tinha se assustado...

Mamãe estava jogando cartas naquele momento e, ao ser informada da morte do filho, para a surpresa de todos, começou a gritar e chorar. Foi ordenado que enterrassem a criança o mais depressa possível, porque para o coração de uma mãe a visão da morte do seu próprio filho era ainda mais dolorosa do que o seu sofrimento... Aos gritos, ela se fechou em seu quarto, mas não por muito tempo... No dia seguinte, ao fim da tarde, a criança foi enterrada de forma muito simples e silenciosa e, se houve lágrimas derramadas por causa dela, foram apenas lágrimas de irmãs e irmãos que discutiam por causa de um brinquedo e batiam uns nos outros. O funeral geralmente acontecia assim: alugava-se uma carruagem e vinham perguntar ao nosso pai e à nossa mãe se gostariam de se despedir do corpo. Mamãe suportava esses momentos difíceis com uma calma incrível, o que honrava a sua firmeza, e fazia com que a cena terminasse muito rápido. Ela se aproximava do caixão, fazia o sinal da cruz e beijava a criança na testa com desdém, dizendo: "Que Deus o tenha! Não há motivo para chorar; ainda restam muitos!..." No entanto, ela poderia nem proferir qualquer palavra de consolação, pois os rostos dos presentes revelavam claramente uma reserva de coragem suficiente para suportar tal perda. Meu pai, que não gostava de ficar em casa, nem sempre estava presente quando levavam o corpo.

Três irmãs e um irmão morreram e foram sepultados desta forma...

III

A governanta logo descobriu um sistema de educação que estava em perfeita sintonia com as exigências de nossos pais e, assim, conquistou sua total confiança. Desde a sua entrada não eram ouvidos risos de crianças, e as nossas lágrimas incessantes provavam que as pessoas a quem fomos confiados estavam vigilantemente preocupadas com a nossa moral e a paz dos nossos pais... O espírito de opressão foi fortemente desenvolvido na governanta; talvez ela quisesse utilizar o sistema de tirania em que ela própria tinha sido educada – e não se poderia dizer que as sementes haviam caído em solo infértil. Nenhuma travessura escapava aos seus olhos perspicazes; com uma paciência inconcebível, procurava o culpado e, se não conseguia descobri-lo através de várias investigações e interrogatórios, submetia-se à vontade do destino e castigava igualmente o inocente e o culpado. Acontecia que os irmãos mais novos, intimidados por ameaças e empurrões, entregavam os mais velhos: ela tinha então um verdadeiro banquete..., mas os meios nem sempre lhe permitiam chegar ao fim numa postura decente. Depois de anunciar a sentença com desenvoltura, rebaixava-se por vezes ela própria ao papel de carrasco... Depois, de carrasco, transformava-se em nossa espiã, mas às vezes pagava caro por seu papel humilhante; percebendo sua aproximação do mezanino, tentávamos instigá-la com nossas conversas, perguntando uns aos outros: "O que acontecerá no outro mundo àquele que bisbilhotar?" "Será queimado em fogo lento." "Não, eles vão ser despedaçados numa roda" "Vão arrancar as veias do maldito!" E então a água se derramava sobre a cabeça da governanta, e uma nuvem de penugem voava do travesseiro rasgado... É claro que nosso sucesso era acompanhado de gargalhadas, que nos denunciavam à perspicaz mentora. A vergonha a impedia de partir de imediato para as represálias, mas quando surgia a oportunidade, pagávamos caro por nosso triunfo momentâneo. No entanto, as irmãs mais velhas não eram submetidas às varas. E meu irmão Micha muitas vezes escapou do castigo com sua coragem e força. Quando conseguiam puni-lo, vingava-se da governanta e das tias de todas as maneiras possíveis, para nossa alegria indescritível: fazia grosserias e as humilhava de tal modo que, por fim, começaram a temê-lo e a evitar brigas com ele... Eu e os demais irmãos pagávamos por todos, sendo submetidos a todo tipo de castigos, sem limites e sem distinções. O sétimo dia era geralmente dedicado ao massacre; entre os culpados, aliás, os inocentes também eram punidos por crimes futuros.

Depois de rezar, sentávamo-nos para estudar às nove horas da manhã; em uma hora, o estudo terminava; era trazido o café da manhã, que eu quase nunca conseguia provar. Eu gostava de imitar os outros e imitava tão bem que, quando era apanhada desprevenida, adivinhavam logo quem eu queria representar e, por vezes, a governanta, que gostava de provar a sua diligência pelo número de castigados, voltava-se para mim sem motivos e informava-me que naquele dia eu não teria café da manhã. Eu, para me defender, respondia que "não estava com fome mesmo" e, quando ia para o mezanino, pegava *kvas*[9], pão e sal e comia até me fartar, com medo de me deixarem também sem almoço. E muitas vezes meu medo se tornava realidade...

Depois do almoço, lá pelas quatro horas, sentávamo-nos de novo para estudar. Durante as aulas, não nos era permitido decorar lições. Escrevíamos por ditado e, na maioria das vezes, líamos a História Sagrada. Um lia em voz alta e os outros ouviam. De vez em quando, a governanta ordenava subitamente a outro que continuasse, e a menor confusão acarretava severas punições. O culpado tinha de se ajoelhar durante toda a aula, que se prolongava até sete horas... A própria governanta se incomodava com a duração das aulas, porque não é fácil para o mentor mais genial manter as crianças ocupadas durante dez horas por dia; mas mamãe, tendo-nos colocado à completa

[9] Bebida típica russa à base de pão fermentado.

disposição da governanta, exigia-lhe rigorosamente uma coisa em troca de sua confiança ilimitada – que ficasse com as crianças a cada minuto... Nos dias de semana, não permitia que saíssemos do pátio, e as tias, como dois dragões, vigiavam nossa mentora. Se ela terminasse a aula dez minutos mais cedo, repreendiam-na e ameaçavam contar para nossa mãe...

A governanta amava os militares com tanto fervor que de maneira alguma conseguia resistir à sua paixão. Ao ouvir a música do regimento ou ver as dragonas dos oficiais, ela de imediato corria para a janela. Por vezes, um oficial, provavelmente sem suspeitar que ela era tutora de tantas crianças, acenava; ela, então, voltava para a mesa toda vermelha e, durante muito tempo, não se apercebia das desordens que tinham surgido em sua ausência... Mas nossas tias, que estavam sempre sentadas na mesma sala e nos observavam em silêncio, contavam-lhe logo tudo, aludindo com sarcasmo à sua fraqueza por oficiais. Das insinuações chegavam às alfinetadas, seguidas de uma rajada de censuras mútuas: namoricos, coqueteria, perspectivas de casamento, pensamentos secretos e estratagemas inocentes – nada era esquecido nesses momentos. A gritaria era terrível – falavam todas juntas – os movimentos eram bruscos, estranhos. A leitura parava; nós ouvíamos com profunda atenção, mas, para nosso grande desgosto, titia Aleksandra Semiónovna aparecia e separava as donzelas acaloradas... embora elas ainda por muito tempo continuassem trocando xingamentos e olhares raivosos.

Assim, como depois de um incêndio forte, uma chama irrompe de súbito das brasas, iluminando por um momento a terrível destruição, e então tudo volta às trevas, até que as chamas explodam em outro lugar...

Nesses dias, podíamos, impunes, pregar peças e ser malcriados com as nossas tias; a governanta até nos encorajava. No entanto, elas se reconciliavam com muita rapidez e simplicidade, sem quaisquer explicações ou pedidos de desculpas. Sabiam que já tinham pago suas dívidas uma para com a outra e, cansadas de ficar em silêncio e rabugentas, voltavam às suas conversas, segredos e planos favoritos, e a juntar as forças amigáveis na perseguição das crianças... Titia Aleksandra Semiónovna, ocupada com as tarefas domésticas, não tinha tempo para participar do castigo dos sobrinhos e sobrinhas... aliás, era provável que nem o quisesse: era bondosa e parecia nos amar... Mas as irmãs de minha mãe não podiam deixar de se endurecer contra os seus filhos: a vida monótona, confinada num quarto, alheia a qualquer variedade, a costura perpétua, os mexericos perpétuos – uma vida assim pode embrutecer até as donzelas mais dóceis, as titias já tinham mais de vinte e cinco anos, e a esperança de casamento aquecia-lhes o coração cada dia menos. É verdade que, por direito de velhos conhecidos, alguns homens costumavam vir à nossa casa, mas eram tão pobres e miseráveis que nem as tias se atreviam a considerá-los. A única exceção foi um jovem chamado Kiril Kirílitch. Alto, magro, de nariz comprido, rosto vermelho, olhos de coelho (embora não tivessem a mesma expressão ingênua), com longos cabelos louros. Não se distinguia por nenhuma beleza especial, porém a destreza, a cortesia e a boa condição mais do que compensavam a falta de beleza. Os corações das titias, que já se inflamavam facilmente, ficaram em chamas... Até a mamãe dedicava a Kiril Kirílitch uma atenção especial, que não passou despercebida pelas irmãs e pela governanta e, por consequência, por nós. Do nosso mezanino, observávamos sempre a coqueteria das tias e da governanta e ouvíamos as suas conversas amigáveis, nas quais desempenhávamos um papel importante. De que modo conseguíamos ouvir? Abrimos uma pequena fenda na parede acima do fogão, quase no teto; pouco a pouco, fiz um buraco como se fosse uma pequena janela e, subindo no espaço entre o fogão e o teto, não só escutava, como também via tudo o que os nossos inimigos faziam no outro cômodo... Desfrutamos de nossa invenção durante bastante tempo, utilizando por vezes expressões ouvidas das titias, que nessas ocasiões se entreolhavam com rapidez, perguntando umas às outras com os olhos: "Como é que elas sabem de tudo isto?" Mas, por fim, as nossas observações cessaram, e de uma forma muito triste!

Certa vez, indo até o fogão, levantei com descuido alguma poeira, que subiu traiçoeira para minha garganta e meu nariz, como se quisesse se vingar daquela que havia perturbado sua paz. Eu tentei me segurar, fechei os olhos, mas, para meu desespero, de repente soltei um alto espirro. A conversa morreu lá embaixo – eu ainda poderia ter me salvado, mas, infelizmente, a coisa não acabou de uma vez: espirrei de novo e de novo, e quando por fim consegui libertar uma metade do meu corpo da emboscada, eu não precisava mais me preocupar com a outra: a governanta cuidava dela por mim, agarrando em minhas orelhas como um buldogue. Encontrei-me no quarto das crianças, cercada por tias furiosas que me repreendiam em uníssono. Passada a primeira explosão de indignação, a governanta me colocou de joelhos, não permitindo que me dessem chá nem jantar. No entanto, eu não havia almoçado naquele dia e estava contando com a janta. Também não me deixaram dormir: fiquei de joelhos até as duas horas da manhã. Por fim, a governanta me deixou ir para a cama, prometendo um novo castigo no dia seguinte. Com uma dor excruciante, levantei-me dos joelhos e caminhei com dificuldade até o quarto; ali reinava o silêncio, e meus irmãos dormiam profundamente... A tristeza pesou sobre mim, meus soluços acordaram meu irmão Ivan. Ele tirou um pedaço de pão que havia guardado embaixo do travesseiro, colocou-o com discrição na minha mão e disse:

– Coma rápido, Natacha! É capaz de a ruiva vir nos revistar de novo!

– Como você escondeu isso, Vânia?

– Coloquei em minha bota. A bruxa veio nos revistar para ver se havíamos escondido alguma coisa para você; mas passamos a perna nela. Farejou e disse:

"Tem cheiro de pão em algum lugar, mas onde?" Não conseguiu encontrar.

— Ela não conseguiu descobrir?

— Não, eu enganei a maldita! Ela vasculhou toda a cama e me disse para levantar... Mas Micha deu-lhe um bom empurrão; sabe, como se estivesse sonhando: "Estou com medo", ele disse, "não me lembro do que fiz."

— Serei punida de novo amanhã.

E me pus a chorar.

— Não chore, Natacha! Amanhã ela terá esquecido.

Depois dessa consolação, em que ele próprio não acreditava nem um pouco, meu irmão adormeceu. Eu não estava muito feliz e, depois de terminar o pão umedecido pelas minhas lágrimas, não consegui dormir por muito tempo e, num sonho, pela segunda vez, suportei tudo o que me havia acontecido na realidade.

Os dias se passavam, e Kiril Kirílitch ganhava cada vez mais importância em nossa casa. Uma mudança radical ocorreu na *toilette* de mamãe: seu cabelo passou a ser penteado com muito mais esmero; uma vez por semana ela se submetia por vontade própria à tortura, isto é, arrancando os cabelos grisalhos que mal começavam a despontar. O frescor de seu rosto tornou-se surpreendente ao ser tratado com aquela planta que mais tarde revolucionaria a produção de açúcar. Sua cintura, que já gozava de liberdade há catorze anos, foi subitamente presa por um espartilho, os roupões foram substituídos por vestidos, e até um bastidor apareceu na sala, apesar de ela jamais ter se sentado para bordar com um em sua vida. À primeira vista, ela poderia parecer bonita: alta estatura, encorpada na medida certa, o que confere à mulher em determinada idade uma atratividade especial, rosto pequeno, nariz reto, boca bastante formosa (desde que estivesse calada), dentes excepcionalmente brancos e uniformes, e por fim – uma raridade nas mulheres, até mesmo nas mais belas – um pescoço lindamente esculpido, cuja beleza poderia competir com a de Maria Stuart[10]; em suma, tudo nela era atraente. Apenas os olhos quebravam a harmonia de seu rosto: pequenos, sempre opacos e severos, corriam depressa, e nunca se refletia neles um sorriso, como se tivessem sido criados apenas para a cólera. Esse defeito, no entanto, não parecia ser muito marcante, pois era com frequência considerada uma mulher muito bela, algo de que parecia ter mais certeza do que todos. O seu jeito coquete expressava claramente a grosseria de sua natureza e a falta de erudição: consistia em risadas desagradáveis e muitas vezes inadequadas, caretas e movimentos bruscos.

A partir de certo momento, tudo na casa subordinou-se a Kiril Kirílitch: o almoço, o chá, até as cartas – tudo dependia de seu gosto e disposição. A própria mamãe começou a encomendar o almoço, dizendo: "Sáchenka, manda fazer tal e tal prato, o Andrei (ou seja, seu marido e nosso pai) gosta muito... E para as crianças pode esquentar alguma coisa de ontem."

[10] Rainha da Escócia no século XVI. Também foi Rainha Consorte da França, como esposa de Francisco II, na segunda metade do mesmo século.

Papai muitas vezes costumava almoçar separado de nós, muito mais cedo, a depender de como suas ocupações oficiais, a caça e o bilhar decorriam. Sem perceber nada do que acontecia ao seu redor, ele parecia um completo estranho na casa e só levantava a voz na mesa quando achava o prato ruim. Se entrava no quarto das crianças, era apenas pelos pássaros, para os quais ele havia pendurado cinco gaiolas em nosso quarto. E observando o seu cuidado para com as cotovias, as toutinegras, os canários, os pintassilgos, não se podia deixar de reconhecer nele um coração amoroso e terno; com que cuidado inspecionava cada gaiola – se estava limpa, se havia comida e água –, como se zangava com a sua irmã Kátia, a quem confiava o bem-estar físico dos seus filhotes, pela menor das faltas; e com que paciência exemplar ele próprio desenvolvia neles espirituosos talentos e habilidades, assobiando durante duas horas a fio à maneira de um pintassilgo, ou batendo com uma faca num prato para encorajar uma cotovia!... A alegria brilhava nos seus olhos quando a cotovia dava finalmente um grito estridente, como se de repente percebesse a ternura inesgotável de seu benfeitor e estivesse decidida a agradecê-lo com generosidade. Com o cuidado incansável de um pai de família numerosa, o nosso progenitor limpava as patas das suas cotovias; quando notava languidez num dos seus cães, que também eram confiados aos nossos cuidados, dava-lhe uma bola de enxofre e, na manhã seguinte, nunca se esquecia de nos pedir um relatório:

o cão sentia-se melhor? É evidente que ele não tinha tempo para mais nada! Por vezes, liberava-nos dos estudos, mandando que apanhássemos moscas e baratas. Então no quarto das crianças instalava-se um silêncio profundo, quebrado apenas de vez em quando por exclamações de alegria: "Ah, que gordo!", "Ah, tão preto!" Meu pai, sentado à mesa, esperando impaciente que os pássaros recebessem alguma guloseima, dizia por fim: "Basta!..." Nós nos aproximávamos dele como se estivéssemos nos aproximando de alguma divindade indiana, com nossas oferendas; depois de arrancar as pernas, asas e bigodes de nossas vítimas, que zumbiam tristemente, nós os colocávamos sobre a mesa. Temendo pela saúde de seus pássaros, meu pai ficava muito irritado ao notar uma mosca com fio ou uma barata com cera vermelha de selar cartas. E eram muitas. Por falta de brinquedos, amarrávamos um longo fio nas patas de uma mosca e adorávamos acompanhar seu voo: a mosca voava sem se cansar, assustava outras moscas e assim nos consolava durante os longos períodos de aula. Acontecia de tempos em tempos que uma mosca assim, armada com uma cauda longa, surgisse do nada, voasse zumbindo pela sala e de repente pousasse na cabeça de nosso pai rabugento e preocupado... e se ele percebesse? Com as baratas, a história era diferente. Recortávamos um cavalo do baralho e com a cera colávamos em cada uma de suas patas uma barata. O mesmo foi feito com gansos e patos de papel, e muitas vezes um bando inteiro dessas feras inusitadas corria com velocidade extraordinária para as fendas, ao som dos nossos gritos alegres...

Não tínhamos amigos e nem colegas, lembro-me apenas de uma — a filha de uma lavadeira que veio trabalhar para nós substituindo a outra, a que bebia demais. Seu nome era Uliana, e nós a chamávamos de Úlia. Ela remendava meias para meus irmãos e lavava lenços para minhas tias. Eu costumava ajudá-la para que pudesse brincar de bonecas conosco o quanto antes. Ela nos ensinava várias canções. Entoávamos em coro:

Coelhinho, coelhinho
Onde é que estiveste?
Estive, estive, meu senhor,
Estive, estive, meu amor...

Certa vez, ao ser mandada a uma loja para fazer compras, voltou ofegante e contou-nos como o cocheiro a tinha abraçado. Aconselhei-a a bater em homens tão rudes...

— Mas como assim, senhorita?!.. Ele é tão forte!

— Bom, então pegue primeiro um pouco de tabaco e jogue nos olhos! — orientei Úlia com fervor.

Também nos contava as suas aventuras: um dia, quando trabalhava de babá, um funcionário ofereceu-lhe um frasco de batom, dois pares de meias e dois copeques.

— Ah, Úlia, que tola você é! Por que não aceitou? Poderia ter comprado duas bonecas...

— Sim, senhorita, mas e a minha mãe?

— Ela não iria descobrir.

— Não, senhorita, ela teria descoberto! Ele ficava me pedindo para beijá-lo, mas se você beijar um homem, é o fim: todo mundo vai saber!

— Por quê?... Eu mesma vi como o Luká te beijou, e não deu em nada...

— Você não entende, senhorita, o que eu quero dizer! — Úlia respondeu com ar de mistério.

— Oh, conte-me, minha querida Úlia!

E nos sentamos mais perto dela. Ela nos contou com muita importância como uma de suas amigas recebeu um presente de alguém e como então a mãe bateu nela e a expulsou.

— Como ela descobriu, Úlia?

Úlia sorriu.

— Ah, como vocês são tolas, senhoritas!...

Mamãe começou a visitar o quarto das crianças no fim do dia graças a Kiril Kirílitch, que às vezes vinha conversar com as titias. Se ele se divertia com elas, a mamãe se zangava, se divertia-se com mamãe, as tias se zangavam; em suma, nunca havia paz entre elas... Não se pode dizer que as visitas de mamãe tivessem melhorado nossa situação: para que não a incomodássemos, a governanta nos colocava logo na cama; se ainda era muito cedo, ela nos colocava nos cantos, e o quarto das crianças começava a parecer uma cripta familiar, decorada com estátuas. Mamãe não ficava nem um pouco surpresa com o silêncio sepulcral de nosso quarto, e só quando sem querer caíamos na gargalhada, ela perguntava com espanto: "As crianças ainda não estão dormindo?" "Ainda não", respondia a governanta com orgulho: "Hoje, estão de castigo."

Mamãe, às vezes prestando atenção aos filhos, ficava surpresa ao ver que eles cresciam como os outros... Na verdade, nos fortalecíamos pelas lutas e crescíamos gloriosamente...

Minha irmã Sôfia foi a que mais se desenvolveu e, apesar dos esforços para mantê-la como uma menina, começou a atrair a atenção dos homens... Tinha catorze anos e a sua cintura ainda não conhecia o aperto de um espartilho, o que talvez tenha favorecido o seu rápido desenvolvimento. Um vestido curto, sempre justo, calças *pantalettes*[11] por vezes mais largas do que o vestido e cujo estilo parecia ter sido imitado dos marinheiros, uma pequena capa que mal cobria os seus ombros exuberantes, eis o traje de minha irmã. Os seus enormes cabelos, penteados em duas tranças, chegavam-lhe aos joelhos, seu rosto distinguia-se por um frescor singular, o seu olhar era atraente... Uma vez, quando eu estava na sala segurando um novelo de lã para mamãe, uma dama pobre aproximou-se dela e pediu-lhe para ser madrinha de batismo de sua filha, anunciando que Kiril Kirílitch tinha prometido ser o padrinho. Ao ver Sôfia, que no momento passava pela sala, a dama disse:

[11] Peças de roupa íntima que cobriam as pernas, usadas por mulheres, meninas e meninos, antes de começarem a usar calças, principalmente no início e meados do século XIX.

— Bem, Maria Petrovna! Como a sua Sôfia Andriéevna cresceu, como ela ficou linda! Essa sim é uma noiva, e que noiva!

O rosto de mamãe mudou e, depois de examinar com atenção a filha da cabeça aos pés, ela disse com irritação:

— É o que eles fazem, mãe e pai trabalham, enquanto os filhos só engordam!

— Bem, Maria Petrovna, você não terá que trabalhar por muito mais tempo para ela, acho que Sôfia Andriéevna já deve ter alguns noivinhos em mente. Não seria um belo casal com Kiril Kirílitch? Graças a Deus, ele terá com que alimentar a esposa e os filhos.

Uma pancada na testa, acompanhada das palavras: "Olhe, você vai derrubar!" me tirou da tensão com que ouvia a conversa; minhas mãos caíram sem querer e — só então — o novelo se emaranhou. Mamãe pôs-se a desembaraçá-lo com demasiada atenção...

Contei tudo para minhas irmãs, mas não conseguimos zombar muito de Sôfia, chamando-a de noiva de Kiril Kirílitch: mamãe, desculpando-se por sua saúde frágil, mandou Sôfia para o batismo em seu lugar.

No inverno, nunca passeávamos, e se não fugíssemos para o quintal onde pulávamos, rolávamos na neve e dávamos cambalhotas como cães que se soltam das correntes às escondidas, talvez tivéssemos sufocado com o ar mofado do quarto. Mas no verão, durante as férias, quando a governanta fazia uma pausa no árduo trabalho da educação, gozávamos de total liberdade durante dois meses: recebíamos um ingresso para visitar o jardim público; todas as manhãs éramos levados para lá e deixados sem qualquer supervisão. E mesmo que chovesse e houvesse uma tempestade, não vinham nos buscar antes que chegasse a hora de voltar... Os irmãos aterrorizavam a todos: subiam em árvores, nos telhados dos caramanchões – tudo em que tocavam desmoronava... Eu participava muitas vezes das brincadeiras, em geral fazendo o papel de uma vítima que os ladrões – ou seja, meus irmãos – queriam sequestrar, e outros meninos representavam os cossacos que às vezes, ao se inflamarem, começavam a brigar para valer com os ladrões. Então a vítima era incumbida de separá-los... Mas nada conseguia convencê-los; como galos depois de um descanso, mais uma vez lançavam-se um contra o outro, e só a exaustão interrompia a batalha...

Esses dois meses se passavam rápida e imperceptivelmente; a governanta voltava para nós ainda mais exigente, e de novo até o próximo verão transcorriam o sufocamento e o tormento incessantes. Mas mesmo os raros intervalos de liberdade e felicidade logo terminaram para nós: no terceiro ano o jardim público foi fechado e, desde então, não podíamos mais passear no verão.

Num inverno, Kiril Kirílitch teve a ideia de dançar, e o nosso quarto transformou-se num salão; as tias começaram a saltitar, minhas irmãs Kátia e Sônia também, e a governanta dançou valsa com muita habilidade, com a graça de uma donzela educada. Eu, como era a mais nova, fui rejeitada. Com raiva, comecei a dançar sozinha noutra sala; finalmente, aprendi tudo o que era ensinado às minhas tias e irmãs, e até consegui imitar todos eles, incluindo o próprio Kiril Kirílitch, com o qual ninguém podia competir... Uma vez que faltava um cavalheiro, chamaram-me e quiseram ensinar-me, mas eu mostrei orgulhosamente os meus conhecimentos e desempenhei tão bem o papel do cavalheiro ausente que me obrigaram a repeti-lo várias vezes...

Mamãe, a pedido de Kiril Kirílitch, havia prometido dar um baile no Natal... O momento chegou, a governanta voltou para a casa de sua mãe, respirávamos mais livremente, as tias jogavam cartas para adivinhar o futuro todas as noites, mas nunca aparecia um noivo para Stepanida Petrovna... Uma vez ela saiu correndo para perguntar ao primeiro transeunte: "Qual é o seu nome?", para saber o nome do seu futuro marido. Em resposta, ouviu: "*Matriona*!"[12]. Ficou muito zangada e todas as noites colocava com cuidado embaixo do travesseiro uma barata preta dentro de uma caixinha de remédios, e na manhã seguinte contava sonhos intermináveis... Por fim, chegou o dia do baile: era véspera de Ano Novo; ficamos animados para ver as pessoas bem trajadas e as danças, mas, para nosso horror, a governanta apareceu pela manhã, toda de bobes, e logo conseguiu privar alguém do chá e dos doces. A agitação era terrível: mamãe estava irritada e gritando, tia Aleksandra Semiónovna, assim como

[12] Nome feminino de origem latina, que significa mulher casada de idade avançada, senhora respeitável.

Fígaro[13], tentava acompanhar tudo. Apareceram os enceradores de piso, e ao nosso choro e risadas juntaram-se gritos e o som de esfregação... Fomos vestidos muito mal: tudo era curto e apertado. As irmãs tinham as tranças penteadas para trás, do que a governanta e as tias realmente não gostaram nem um pouco, e apenas a petição insistente de Aleksandra Semiónovna à mamãe salvou o penteado de minhas irmãs. Mamãe estava vestida com esmero. A governanta brigou com tia Stepanida Petrovna por minha causa; todas queriam que eu as vestisse: eu era tão hábil para apertar os espartilhos e vestidos, que mais ninguém na casa conseguia fazê-lo tão bem e com tanta força... Mas a governanta, usando de seu direito de tutora, anunciou resolutamente que não me deixaria ir até que ela mesma estivesse vestida... Sua *toilette* começou. Depois de se lavar, passou no rosto molhado um pano vermelho e embebido em pó com tanta diligência, que me perguntei se ela queria fazer no rosto a mesma coisa que os enceradores faziam no chão. Mas, para minha surpresa, seu rosto se cobria de algo branco que se tornava cada vez mais espesso; por fim, suas sobrancelhas, cílios, sardas – tudo desapareceu, e apenas os olhos castanhos malignos brilharam por entre a nuvem de gelo, fitando com avidez o espelho diante do qual eu segurava uma vela. A governanta, então, passou alguma coisa sobre os olhos – uma sobrancelha

[13] Referência ao personagem principal da ópera O barbeiro de Sevilha, de Rossini, que era astuto, versátil e capaz de se adaptar a diversas situações.

despontou e o rosto ficou torto... Mas logo tudo voltou à ordem: os cílios não pareciam mais os de quem acabou de sair de uma geada, os lábios, untados de batom rosa, assemelhavam-se a duas minhocas vermelhas, as bochechas irritadas ficaram estranhamente escarlates. Começou a arrumação dos cabelos: seus fios ralos, ao sentirem o toque das pinças em brasa, guincharam em lamento; os bobes foram retirados, e cada fio, friccionado ao ponto da improbabilidade, formou um cacho, de modo que a governanta se transformou em um poodle ruivo. Então, da cômoda foi retirada uma trança grossa, que segurei enquanto ela a ungia, alisava e penteava; depois, amarrou-a, entrelaçou-a habilmente à sua própria trança magricela, prendeu-a com uma quantidade incrível de grampos, que fez com que a sua cabeça parecesse, por um momento, uma cerca cravejada de pregos para impedir a entrada de ladrões e, por fim, tendo arranjado tudo propriamente, ela sorriu, satisfeita com seu luxuoso *coiffure*[14]...

Enquanto a governanta examinava atentamente seu rosto no espelho, que retribuía seu olhar, eu passava com diligência novas cordas vermelhas no espartilho, retiradas de um tufo de penas (nenhuma outra corda poderia resistir a provação tão dura, muitas vezes enfraquecendo e arrebentando nos momentos mais fatídicos)... A governanta afastou-se do espelho com relutância: parecia gostar muito do rosto que a contemplava com olhos esbugalhados em infinito deleite.

[14] Penteado, em francês.

O aperto começou: puxei com uma dedicação incrível até quase parti-la em duas metades; seu pescoço e rosto, apesar de toda a caixa de pó aplicada, ficaram roxos... Depois de vestir inúmeras saias, colocou um vestido branco de musselina com um busto tão apertado que, se não fosse a alça que o sustentava nos ombros, com certeza teria desabado. Mas a alça, cravada em seu corpo roliço, desapareceu nele por completo: tão forte era a precaução inspirada pelo pudor! Quando a governanta terminou sua toilette, deixou-me à mercê de Stepanida Petrovna e pôs-se a adornar as orelhas e dedos com todo tipo de brincos, anéis e argolas. Stepanida Petrovna e a irmã, ao verem-na, ficaram tão furiosas que consideraram o seu traje um insulto pessoal e, com uma voz de inocência constrangida, gritaram:

— *Ma chère*, você vai nos envergonhar...!

Conselhos e súplicas para usar a *modestie*[15] jorraram como um rio, mas a governanta só redobrou a confiança no charme inabalável de seu traje: ela conhecia a inveja das tias... A *toilette* das tias era a mesma que a da governanta, com a única diferença de que não amarravam tranças, usavam os seus próprios cabelos. A *tournure*[16] das tias havia aumentado bastante, e elas costuraram os corpetes de tal forma que a modéstia da governanta, por sua vez, poderia ser insultada... É provável que sua *toilette* não tivesse terminado tão

[15] Lenço de musselina usado para cobrir os ombros nus e o colo, deixando o decote menos à mostra.

[16] Peça de roupa íntima feminina acolchoada usada para dar plenitude ou apoiar a saia.

cedo, se um inesperado acorde de música não houvesse anunciado que já era a hora. Todas se agitaram e se esbaforiram, a governanta lançou um olhar de despedida para seu rosto ansioso no espelho e, reunindo-se a todas nós, preparou-se para avançar no salão. As tias mais uma vez passaram o pano vermelho em seus rostos, fazendo com que o rubor brilhante reaparecesse em suas bochechas, e também se juntaram a nós...

Entramos no salão bem iluminado; já havia muitos convidados. Ao verem a mamãe enfeitada com magnificência, as tias piscaram uma para a outra e deram de ombros, provavelmente condoendo-se dos pecados de vaidade da irmã mais velha. A dança começou; como que para irritar as tias e a governanta, estávamos a todo momento sendo convidadas para dançar – até eu dancei uma quadrilha com um oficial. Estava sentada ao lado de Stepanida Petrovna quando ele se aproximou para me *engager*[17]... Stepanida Petrovna não teve dúvidas de que era ela quem estava sendo chamada; de imediato pôs-se a vestir as luvas e até se levantou da cadeira, mas, estremecendo, desabou de volta, porque naquele momento, em resposta ao convite, eu logo estendi minha mão para o cavalheiro... tornei-me sua *vis-à-vis*[18]. Ela se sentou como se estivesse sobre alfinetes e agulhas, lançando à sua volta olhares ameaçadores, que prenunciavam

[17] Em francês, "contatar". Aqui, no sentido de "convidar".

[18] Expressão francesa que significa, literalmente, "face a face" e denota rivalidade.

algo cruel... ao mesmo tempo, como que para irritar mamãe, Kiril Kirílitch coqueteava com as irmãs dela e dançava com elas o tempo todo... Mamãe ficou furiosa e até disse:

— Não é hora das crianças irem para a cama? Estão atrapalhando.

As tias e a governanta pareciam já estar aguardando por isso; logo nos ordenaram que fôssemos para o quarto das crianças. Quase choramos, a governanta, provavelmente receando uma tentativa de voltarmos ao salão, esteve presente enquanto nos despimos e, tirando nossos sapatos e as botas dos irmãos, trancou tudo em sua cômoda... Nossa situação era deplorável! A conversa, o arrastar dos pés e a música não só não nos deixavam dormir, mas também nos atormentavam e torturavam... No entanto, quando começou o baile de máscaras e os gritos e as risadas chegaram até nós, todos saltamos da cama ao mesmo tempo, como que por uma ordem, e corremos para as portas do salão... Num segundo, os mais velhos ocuparam os melhores lugares, e alguns dos mais novos, com a ajuda de uma cadeira, podiam ver por cima de suas cabeças; outros, agachados, refugiaram-se aos pés dos mais velhos — e todos fixamos avidamente os olhos na fresta por onde escapava uma brilhante faixa de luz... De repente... Oh, que horror! Extasiado pelo efeito do espetáculo, algum de nós apoiou o peso na porta... Ela se abriu com um ruído e nós caímos no chão do salão, junto das cadeiras — apenas minha irmã mais velha teve tempo de se esconder... Os convidados correram até nós, mas, o medo sobrepondo-se à dor, todos nós fugimos num instante e, com corações disparados, corremos para nossas camas. No entanto, a velocidade de nossa fuga não nos salvou. As cadeiras espalhadas na porta como ruínas atestavam que a vida tinha florescido ali; a governanta não achou necessário fazer perguntas, ordenou logo que todos nós saíssemos da cama, então nos levantamos. Depois de proferir uma breve lição de moral em que prometia nos deixar no dia seguinte sem chá, sem almoço e sem jantar, colocou cada um em um canto, então, tendo trancado a porta para o salão, saiu pelo corredor para uma vez mais se entregar à deliciosa valsa.

Tal medida nos privou de nossa última oportunidade de nos deleitarmos com a festa tão esperada... Sentindo-nos oprimidos, em uníssono explodimos em xingamentos contra a governanta... Meu irmão Micha correu para a cama dela, todos o seguiram, e em um minuto a cama foi virada de cabeça para baixo; puxando o colchão de penas para o chão, batemos, pisoteamos e cuspimos nele com tamanha ferocidade que era como se tivéssemos nas mãos a nossa própria opressora. Tendo saciado o primeiro impulso de cólera, começamos a planejar nossa vingança com mais frieza. Espalhamos lixo e jogamos água em sua cama, enfiamos nela baratas e outros insetos, esfregamos todo o chão com os travesseiros... Por fim, depois de cobrir tudo com uma manta, nos acalmamos, mas meu irmão Micha disse que ainda não era o suficiente: ele teve a ideia de atraí-la para o quarto das crianças e dar-lhe um pontapé no escuro. Aceitamos sua ideia com prazer; ele era famoso pela arte dos pontapés – a sua vítima desabava feito um trigo ceifado! Apagamos a luz noturna e derramamos óleo no caminho que a governanta teria inevitavelmente de percorrer. Micha espreitava à porta. Para atrair a vítima, demos as mãos, formamos um círculo e, com gritos frenéticos, guinchos e assobios, começamos a pular e a rodopiar como loucos; nossos cabelos esvoaçavam; quase nus, parecíamos pessoas selvagens dançando em preparação para um sacrifício. Os sons tão agradáveis não tardaram a chegar aos ouvidos da governanta que, libertando-se dos braços do seu par, correu para o quarto das crianças – já estávamos deitados tranquilamente em nossas camas quando, abrindo a porta e dando um passo para além da soleira, ela se estatelou no chão com um grunhido... Mal podíamos respirar: alguns de nós soltamos gritos, como se estivéssemos sonhando...

Os criados trouxeram luz; a governanta, correndo para a vela, começou a examinar com fúria e horror o seu vestido coberto de óleo, e por pouco não desatou a chorar... Esse infortúnio a atingiu tanto que ela perdeu até mesmo sua engenhosidade habitual... De início, tentou diversas soluções, mas logo se convenceu com tristeza de que não havia como consertar o vestido, e era impossível aparecer assim... Despiu-se em desespero e, para se recompensar de alguma forma, ordenou que ajoelhássemos ao lado da sua cama... Felizes com a nossa boa sorte, a rodeamos com prazer. Ela se mexia sem parar, a música a sufocava, estava disposta a sacrificar metade da vida para voltar a aparecer no salão, mas como não havia outro vestido, ela fechou os olhos e tentou pegar no sono...

Resmungamos com lamento em diferentes vozes "*Mademoiselle, pardonnez-moi*"[19], e parecia ser a primeira vez que os nossos berros, que antes ela ouvia com evidente prazer, a atormentavam. Ficou zangada, proibiu-nos de pedir perdão, mas intensificamos de propósito o nosso resmungo — todos choramingamos, só meu irmão Micha sibilou de forma estranha, dizendo "*pardonnez-moi*". Por fim, ela perdeu a paciência e deixou-nos ir embora, prometendo cuidar de nós no dia seguinte. Deitamo-nos, mas sussurramos um ao outro durante muito tempo, comentando os pormenores de nosso triunfo. A governanta também permanecia acordada, tossindo e remexendo-se por muito tempo, quer devido às fortes sensações do baile, quer devido às consequências da queda infeliz — não sei; ou talvez as nossas lamúrias tenham contribuído para a sua insônia. Mas adormecemos sentindo, sem nos darmos conta, pela primeira vez em nossas vidas, algum orgulho e força...

[19] Madame, perdoe-me.

IV

No dia seguinte, a governanta descobriu tudo e deixou todos nós sem jantar. Tentou punir meu irmão Micha com mais severidade, mas ele ameaçou vingar-se dela de tal forma que ela viu que era impossível lutar contra esse inimigo e anunciou à mamãe que não era capaz de lidar com os meninos mais velhos... Micha foi mandado para o ginásio. Quando passou a usar o uniforme, ficou ainda mais arrogante. Ele apavorava até a mim e aos irmãos mais novos: torcia nossos braços sem dó nem piedade, beliscava e batia-nos com um torniquete, e se tornou constantemente grosseiro com nossas tias e com a governanta... Os seus progressos em ciências eram fracos, mas sabia fazer caixinhas, inventar adivinhas e jogar o jogo de três folhas, o que ensinou a todos nós. Ele também amava versos e os memorizava com facilidade. Ia para o ginásio com relutância, sempre acompanhado pelos cães que atraía com os ossos que enchiam seus bolsos; não andava de outra forma senão no meio da rua, olhando com prazer para a matilha que o seguia. Depois de ter escolhido um lugar conveniente, atirava os ossos, chamava os cães esfomeados, e estes precipitavam-se avidamente sobre a presa, arrancando-a uns dos outros, sibilando, mostrando os dentes e se mordendo. Meu irmão esquecia-se de tudo. Sentado num lugar qualquer, acompanhava a batalha com paixão – se a fúria dos cães enfraquecia, voltava a atiçá-los e a contemplar. Assim, estudando o caráter dos cães, faltava muitas vezes às aulas, e o cão vencedor, o mais audaz e intrépido, recebia um pedaço de carne vermelha como sinal de honra...

Por volta desta época, um pretendente muito feio, insignificante e pobre, começou a cortejar minha tia Elena Petrovna; contava com o dote da noiva e com o patrocínio do nosso pai. Fizera a proposta através de uma casamenteira, porém ele mesmo não se apresentava. Apesar disso, a tia Elena Petrovna estava pronta para casar até mesmo com um macaco, tamanho seu desejo de ter um marido; e a mamãe estava feliz da vida por despachar a irmã para um homem que não ofendesse a autoestima dela com suas virtudes. Desse modo, a casamenteira mal teve tempo de abrir a boca e o assunto já estava arranjado...

Os preparativos para receber o noivo foram acompanhados de uma terrível algazarra. Por fim, ele apareceu. Era vermelho como uma lagosta cozida, baixinho, com um sorriso perpétuo, graças ao qual um dos cantos da sua boca torta estava sempre debaixo da orelha, com um olhar oblíquo e dissimulado.

Mamãe apresentou o noivo a Elena Petrovna, que o viu pela primeira vez, e a partir daquele dia passou a ser considerada uma noiva... A inveja da tia-noiva transformou a governanta por completo: ela ficou desatenta durante as aulas, perdia-se em seus pensamentos o tempo inteiro; éramos grosseiros com as tias Stepanida e Elena Petrovna impunemente. Uma vez elas discutiram com a governanta por minha causa. A noiva mandou-me tirar o vestido, eu recusei, ela me deixou sem chá; me enfureci e disse que mal podíamos esperar que Deus nos livrasse de pelo menos uma tia, e prometi acender uma vela para São Nicolau, o milagreiro, quando ela se fosse. Lágrimas jorraram dos olhos da noiva sensível. A irmã dela não aguentou e, como um falcão abrindo as garras, quis agarrar meus cabelos, mas consegui salvá-los cobrindo rápido a minha cabeça com um avental... Pálida de cólera, Stepanida Petrovna bateu em minha cabeça com o punho de tal modo que me saíram faíscas dos olhos, mas eu ri de propósito e assegurei-lhe de que não havia me causado dor alguma... Ela voltou a chorar e exigiu que a governanta me castigasse severamente; esta, para minha surpresa, me deu uma reprimenda muito delicada, e foi só. A noiva e a irmã indignaram-se com a leveza do castigo e atribuíram tal indulgência à inveja da felicidade alheia... A governanta, corando como uma chama, declarou com desdém que não valia a pena invejar tal infeliz e que, se quisesse, encontraria um noivo melhor e mais inteligente... Uma afirmação com tanto desprezo ao noivo de titia deixou as irmãs num ódio aterrador. Irrompeu uma briga violenta, que poderia com facilidade ter acabado em derramamento de sangue, mas, felizmente, a tia Aleksandra Semiónovna chegou a tempo e as separou... No dia seguinte, mamãe ouviu as duas queixas: ambas as partes provaram que haviam sido ofendidas...

O noivo vinha visitar-nos todas as noites. Quando chegava, beijava a mão da noiva, sentava-se num canto, respondia às perguntas com rispidez, mas nunca se atrevia a fazê-las ele próprio, bebia dois copos de chá com rum, levantava-se, beijava novamente a mão da noiva e retirava-se para casa...

Certa vez, apareceu mais vermelho do que o habitual, sorriu ainda mais, lançou um olhar estranho para a noiva e até, para a surpresa de todos, fez duas perguntas; se não me engano, uma das perguntas era se não poderiam servir-lhe o rum sem chá. Depois de se demorar o suficiente num canto, levantou-se e com passos irregulares aproximou-se da noiva, que, pensando que ele ia se despedir, como sempre, estendeu-lhe a mão... mas em vez da mão, ele a beijou na boca; a noiva surpresa recuou, e o noivo, tendo perdido o equilíbrio, tropeçou na governanta, que estava por perto... Ela pulou para trás com um grito, e o noivo se esparramou no chão. Corremos ao som do grito estridente da governanta; ela estava no canto e, cobrindo o rosto com as mãos, gritou:

— Ah, *ma chère*, ele quer me beijar!

O noivo levantou-se, sorriu, fez uma reverência e saiu da sala. As tias enfurecidas atacaram a governanta, que ousou pressupor no jovem tão vergonhosa intenção. Stepanida Petrovna gritou mais que ninguém, mas a governanta olhou-a com um espanto tão ofensivo que ela logo mordeu a língua, olhando enraivecida para a irmã, e a governanta disse à noiva:

— *Ma chère*, por favor, diga ao seu noivo para não se esquecer de se comportar mais decentemente com uma nobre donzela!...

A noiva, embranquecida de ódio, respondeu:

— O que a faz pensar, *ma chère*, que ele queria beijá-la? Ele tropeçou e foi um acidente!

— Que ótimo, foi um acidente! É provável que você não tenha percebido como ele estendeu os lábios para mim, mas, graças a Deus, eu tive tempo de empurrá-lo... e ele, coitado, está tão debilitado hoje que caiu... — A governanta riu.

— Não é verdade, você está mentindo! — retrucou a noiva, ressentida.

— É uma pena que você não acredite em mim, mas há muito tempo que pretendo lhe contar que ele tem me olhado com demasiada atenção: como se eu é que fosse a noiva; confesso que não estou acostumada com essas coisas e me sinto muito incomodada...

A noiva começou a soluçar de ciúme, tia Aleksandra Semiónovna tentou acabar com a briga, mas as lágrimas da irmã derrotaram a raiva ciumenta de Stepanida

Petrovna, ela não aguentou e entrou na briga com a governanta:

— Diga-me, por favor, desde quando você fica tão incomodada? Eu mesma vi como você se pendura no pescoço de todos eles!

— Como! Eu me penduro! Não, desculpe, *ma chère*! Não sou como você, não permitiria que Piótr Lukitch me beijasse. Vi vocês dois se despedindo ontem no corredor...

Stepanida Petrovna deu um pulo, chegou bem perto da governanta e berrou, ameaçadora:

— Quem você acha que eu sou? Vamos, me diga... Vejam, ela empina o nariz por saber francês!

— Isso é demais, *ma chère*, está se esquecendo das boas maneiras! Só as camareiras falam assim!

— Então eu sou camareira?! Como se atreve a me dizer que sou uma camareira?

A partir daí, eu não conseguia ao menos entender o que falavam e como se insultavam... Por fim, ao ouvir os gritos, minha mãe mandou um criado para acalmar as crianças... Então as tias começaram a trocar injúrias aos sussurros, complementando suas palavras com olhares e gestos...

Ao saber o que o noivo havia feito, mamãe apressou-se em encerrar o assunto e deu dinheiro à irmã para comprar um dote. A noiva mostrou tal conhecimento do assunto e tamanha premeditação que poderia deixar uma falsa impressão de que iria se casar pela terceira vez.

Nenhuma tradição foi esquecida, nenhum pormenor,

desconsiderado: compraram um pano a partir do qual se fizeram lençóis tão compridos e largos que cada um poderia servir de vela a um grande navio. Foram cortadas e costuradas camisas para o noivo que, por ordem da noiva, certa noite havia trazido sua camisa para que fosse medida. Quando ele se foi, a governanta perguntou à noiva com ironia:

— Como, *ma chère*, não tem vergonha de pegar a camisa de um homem?

— O que há de errado nisso!? Ele é o meu noivo! — respondeu a noiva com orgulho e, todas as noites, junto de sua irmã, costurava camisas para o noivo, chamando deliberadamente a atenção dos que vinham ver o seu trabalho...

Chegou a vez de tratar da mobília; a noiva foi com a irmã para o apartamento novo preparado pelo noivo. Pedi para ir com elas e levaram-me de bom grado, pois precisavam de alguém para carregar a trouxa de roupas. Chegamos a um lugar com pequenos cômodos, meio vazios, de teto baixo, onde o cheiro de verniz e madeira de imediato anunciava os móveis novos... Ao avistar a cama de casal, a noiva gritou:

— Ora, como! É curta e estreita!.. Alguém vai cair! Ainda na loja eu tinha dito que era pequena, mas você e o comerciante garantiram-me que era boa!

Stepanida Petrovna, sobrecarregada com os preparativos para o casamento da irmã mais nova, se ofendeu e disse aos prantos:

— Então é assim que você agradece a sua irmã por

todo o esforço que tem feito!

O noivo apareceu, vermelho como sempre, e para consolá-la disse sorrindo:

– Vamos, não chore, Stepanida Petrovna... Se Deus quiser, tudo correrá bem!

Depois de enxugar as lágrimas, ela se atirou na cama, esticou-se bem sobre ela e perguntou à noiva:

– Como assim, estreita? Não há espaço suficiente para você? Hein?

Apaziguada, a noiva foi examinar as outras aquisições com ar de ciúmes, convidando a irmã a segui-la. Quando desdobrou o cobertor, voltou a empalidecer e contorceu as mãos.

– Oh, ele é um desavergonhado! Pôs dois cobertores minúsculos em vez de um de casal!

E então a noiva, atirando longe um e depois o outro cobertor, começou a chorar e a queixar-se de sua desgraça e das pessoas que, sem exceção, desejavam-lhe o mal. O noivo vermelho sorriu mais uma vez e disse:

– Vamos, não chore, Elena Petrovna! Por Deus, vai correr tudo bem!...

Escutei a conversa com muita atenção, dei uma volta na cama e percebi que seria fácil colocar para dormir ali todos os convidados que viriam para o casamento... Quando voltei para casa, a lavadeira e a criada começaram a perguntar-me sobre o apartamento do noivo. Contei-lhes tudo nos mínimos detalhes...

Na véspera do casamento, a noiva, a lavadeira e a criada foram à casa de banhos, para a qual convidaram também a governanta... Regressaram em quatro horas, e então a noiva combinava perfeitamente com o noivo: estava tão vermelha quanto ele... À noite, Stepanida Petrovna, enrolando-lhe os cabelos, sussurrava e piscava o olho à governanta enquanto a noiva se zangava e dizia para si mesma de tempos em tempos: "Ora, nunca vou permitir! Desculpem, mas vocês se enganaram!..." Na manhã do dia seguinte, veio visitá-la sua mãe e nossa avó, que não parava de sussurrar-lhe qualquer coisa, ao que ela respondia rudemente: "Eu sei disso tudo!" Mas vovó continuou a sussurrar... A noite chegou; foram vestir a noiva. Titia e a governanta uma após a outra entregavam-lhe alfinetes e grampos... Por fim, já com o seu vestido de noiva, foi conduzida ao salão repleto de convidados bem-vestidos. A mãe e o pai da noiva puseram-se a abençoá-la e, de repente, para minha grande surpresa, ela desatou a chorar... Levaram-na aos prantos para a igreja, mas nós não fomos convidados, apesar de termos chorado tanto quanto ela...

Uma hora depois da cerimônia na igreja, tudo se agitou: a noiva entrou solene na sala de estar, de braços dados com o noivo, que parecia uma lagosta de gravata branca. Sentaram-se numa mesa decorada com suntuosidade, foi servido champanhe, os convidados gritaram alguma coisa e os recém-casados se beijaram... Fiquei com tanta vergonha que corri para o quarto e fui para a cama. Uma barulheira selvagem me acordou; desci as escadas correndo com olhos sonolentos e vi os noivos beijando-se de novo; os convidados vermelhos com taças nas mãos sobrepunham a música frenética com seus gritos. Todos se levantaram da mesa e começou a despedida dos recém-casados. Os avós não estavam presentes: há muito tinham sido levados para casa numa carruagem, pois os velhos, provavelmente devido ao cansaço, não conseguiam manter-se de pé. Mamãe tomou o lugar deles; beijou a noiva na testa, fez o sinal da cruz e desejou-lhe boa noite... Depois, os noivos começaram a se despedir dos convidados, que sorriam de maneira estranha... As despedidas e os votos não teriam tido fim se a própria noiva não tivesse arrastado o noivo, que a seguiu com um olhar obtuso e passo cambaleante.

Ao acordar no dia seguinte, fiquei muito surpresa quando soube que a tia-noiva não havia passado a noite em casa. Os recém-casados chegaram e mamãe os cumprimentou com um presente bastante caro; ao falar com ela, a jovem esposa corou, e o jovem esposo vermelho intensificou seu sorriso habitual... Chegaram ao quarto das crianças. O olhar arrogante da recém-casada enervou a governanta; parabenizando-os, ela disse bem alto:

– Você está cansada, não é, *ma chère*? Tão pálida...

A jovem esposa olhou para ela com desprezo e respondeu:

– Sim, *ma chère*, estou muito cansada! – e então acrescentou baixinho: – Você está sempre falando bobagem!

O casamento me custou caro – muitas vezes eu

corria para a antessala para ver os pratos esfumaçando e provavelmente peguei um resfriado; à noite senti um peso na cabeça e dor em todos os ossos, não dormi e queimava por todo o corpo, durante o dia fiquei quase desfalecida. No começo não acreditaram em mim, disseram que eu estava fingindo, que era preguiçosa, tentaram me obrigar a fazer a lição; mas ao verem que eu não comia nada, resignaram-se. Comecei a ter calafrios extenuantes, que me enfraqueciam cada vez mais. Nem a minha mãe nem o meu pai repararam que eu não aparecia diante deles há duas semanas, e ninguém se atrevia a contar-lhes sobre minha doença, porque minha mãe sempre reclamava com tia Aleksandra Semiónovna quando ela lhe pedia dinheiro para medicamentos. "Devia dar-lhes mais comida!", dizia ela.

Como um ser assexuado, nem menina, nem menino, e por isso não amada por ninguém, ficava entregue ao acaso. Um incidente interrompeu o curso da minha doença e talvez tenha me salvado da morte. Certa vez, estava deitada, tomada pela febre, não muito longe do meu irmão, que dormia como um anjo; estava tudo quieto ao meu redor; a respiração dos meus irmãos e irmãs adormecidos me aterrorizava. Pareceu-me que não estavam dormindo, mas mortos, e que não estavam deitados em camas, mas em caixões. Fechei os olhos, de repente tive a impressão de que não meu irmão, e sim uma enorme barata preta deitava-se ao meu lado me tocando com seu bigode. Sentei-me na cama, olhei desnorteada à minha volta, surpreendi-me comigo mesma e acordei o meu irmão, que me perguntou sonolento:

— O que você quer, Natacha?

— Estou com medo!

— Bem, cubra a cabeça com um cobertor!

E, tendo dado tal conselho, meu irmão voltou a adormecer naquele mesmo momento. Após obedecê--lo, fiquei ali por um longo tempo, tremendo por causa das visões. De repente, ouvi uma batida na antessala, a porta do corredor se abriu ruidosamente e uma voz desconhecida e sem fôlego gritou: "Água, está pegando fogo, está pegando fogo!" Meus cabelos se arrepiaram de horror. Logo tudo começou a se agitar, as portas começaram a bater e todos correram pelos quartos. Eu tinha certeza de que se o quarto pegasse fogo, eles me esqueceriam e me abandonariam, mas eu mesma não tinha condições de sair correndo e parecia que já estava começando a queimar. Eu quis gritar, mas não consegui... De repente a porta rangeu e meu pai surgiu: pálido, segurando uma vela em uma das mãos e bloqueando a luz com a outra, ele se pôs a andar devagar, com cuidado em volta das camas, e a olhar para os rostos das crianças adormecidas... Quando chegou a minha vez, sentei-me; fitei-o com um olhar suplicante e quis pedir--lhe que me levasse e me salvasse, mas seu olhar severo e frio travou minha língua... Ele perguntou:

"Por que está acordada?" Tremendo, respondi: "Estou com medo do incêndio!" Ele franziu a testa e disse com uma voz terrível: "Se você se atrever a acordar alguém, vai ver só..." E então ele puxou o cobertor de cima de mim e cobriu a janela, onde um brilho avermelhado já começava a despontar...

Depois, deu mais uma volta e examinou os seus filhos. Observei-o com atenção... Fiz um gesto de súplica com a mão, horrorizada, mas ele abanou a mão para mim, afastou-se com cuidado e trancou a porta. Um minuto depois, ouvi o barulho dos bombeiros e o estrondo de uma parede desabando... Comecei a apertar o nariz, a tapar os olhos contra a fumaça que preenchia o quarto; estava sufocando... De repente, o mezanino incendiou--se, senti o fogo me queimando, vi minhas irmãs e meus irmãos dormindo entre as chamas e, no meio do quarto, uma enorme barata preta guinchava e rodopiava... Por fim, meu pai apareceu, com um sorriso horripilante, ameaçou-me com o dedo e, de súbito, com um trovão e um estrondo, o mezanino desabou sobre mim...

Quando acordei já era dia; havia uma compressa em minha testa, e Aleksandra Semiónovna estava sentada ao lado da minha cama. O médico apareceu, seguido de minha mãe. Ele olhou-me com atenção, mediu meu pulso e, abaixando-se, perguntou se eu estava com calor, ao que respondi que não e pedi água. Minha mãe me trouxe um copo, porém eu não tive mais sede e falei que queria dormir... O médico sentiu minha testa e disse para mamãe:

— Quase já não há febre; os delírios vão passar... Bom, agradeça a Deus, sua filha está salva! Mas diga--me, por que ela estava tão abalada e sua doença tão avançada?

– Não faço ideia, ela estava bem, foi para a cama e de manhã começou a gritar que estava queimando e que seus irmãos e irmãs estavam pegando fogo!

O médico saiu, dizendo:

– Agora precisam cuidar dela!

Mamãe pareceu ofendida com o conselho e, saindo atrás dele, resmungou:

– Não faço ideia de como cuidar deles ainda mais!

V

Os cuidados comigo logo terminaram; assim que o médico disse: "Sua filha está a salvo", fui entregue à natureza, que se encarregou de fazer jus a uma confiança tão lisonjeira; logo eu estava de novo estudando, passando fome e de joelhos por cinco horas seguidas. A governanta começou a perder peso visivelmente desde o dia do casamento; os serões tornaram-se monótonos; Stepanida Petrovna visitava os noivos, e Aleksandra Semiónovna não tinha tempo para manifestações amigáveis. Na aula, nossa professora devaneava, suspirava e muitas vezes escrevia alguma coisa. Por fim, certa manhã, quando estávamos sentados assistindo à aula, a governanta anunciou às tias que desejava ir embora e leu as condições, repletas de detalhes e considerações que provavam um profundo conhecimento da vida prática:

— Eu, a nobre donzela abaixo assinada, em posse de um certificado, comprometo-me a ensinar as sete crianças, meninas e meninos, as línguas francesa e alemã, história, geografia, aritmética, a lei de Deus e todas as outras ciências – às meninas, as boas maneiras e a música, e aos meninos, decência, polidez e, se necessário, dança. Para mim: mil e duzentos por ano em notas, uma carruagem coberta – no domingo, a cada duas semanas –, tratem-me como uma donzela nobre; parentes jovens, se houver, devem se comportar comigo da maneira mais educada possível, e os criados devem se levantar quando eu passar, e me chamar não à sua maneira, mas de jovem senhorita. O almoço é o mesmo e na mesma mesa dos senhores, um lugar no meio da mesa, e não no final. Chá e café quatro vezes ao dia. Um quarto individual com iluminação e móveis decentes; à disposição, uma criada que saiba pentear, vestir, costurar e uma menina de cerca de dez anos que saiba tricotar meias. Linha para duas dúzias de meias, algodão caseiro para uma dúzia de camisas, uma dúzia de toalhas, uma dúzia de lençóis de casal...

– Como, *ma chère*, lençóis de casal? Para que é que precisa deles? – interrompeu Stepanida Petrovna. – Por acaso você quer se casar?

E riu-se com ironia.

A governanta corou e disse que lençóis de casal lhe eram mais funcionais, por isso os mencionou; mas vendo que a tia continuava a provocar, finalmente exclamou:

– E se fosse assim, o que há de tão estranho nisso! Se sua irmã se casou, por que eu não poderia?

– E com quem? – perguntou com sarcasmo a tia.

– Meu Deus, *ma chère*! Por que eu saberia? Bem, talvez com algum proprietário de terras...

Titia ficou pálida. "Que boa proprietária de terras!", ela sussurrou. Mas a governanta se animou tanto com a ideia de se tornar proprietária de terras que esqueceu da leitura inacabada das condições, ficou pensativa, inclinou a cabeça ruiva para o lado e, sorrindo, rabiscou algo em um pedaço de papel. Mais tarde vimos o que teria escrito: "proprietária de tal e tal aldeia", seguido de seu nome e patronímico, e depois vários pontos, provavelmente substituindo o futuro sobrenome de esposa, e, por fim, uma assinatura magnífica, ou simplesmente: "proprietária, proprietária..."

Nossa alegria foi tão grande que não acreditamos nessa felicidade até o dia da partida da governanta. Tive muita pena da menina de quem ela exigia que estivesse inteiramente à sua disposição, e das pobres criancinhas, que na sua inocência não previam o sofrimento da sede e da fome que as esperava... A governanta despediu-se de tia Stepanida Petrovna com muita comoção (elas até trocaram promessas de escrever uma à outra sempre que possível), mas mamãe, insatisfeita com a partida da governanta e a consequente perturbação na ordem da casa, despediu-se com frieza. Quando chegou nossa vez, a governanta derramou lágrimas; mas, vendo nossos rostos radiantes de alegria, ficou tão indignada com a nossa insensibilidade que certamente nos teria punido se não a apressassem para ir embora.

À noite, quando papai voltou para casa, ouvimos a voz da mamãe junto com o nome da governanta. Nós nos aproximamos da porta em silêncio. Mamãe falava com ardor:

— Deixe-a tentar, ninguém aguentará uma desgraçada destas!

Meu pai, prevendo uma conversa desagradável sobre as crianças, disse com ar de tédio e uma careta de insatisfação:

— Bem, contrate outra!

— Não, senhor, desculpe! Com essa eu já sofri o suficiente! Essas correrias e preocupações infinitas me levarão ao caixão!

E mamãe desatou a chorar, o que nesses casos sempre dava certo: meu pai, intimidado, não ousava contradizer nada.

— Bom, já chega, faça como você sabe e como quiser. — E, fazendo um gesto de displicência, apoiou a cabeça nas mãos. Mamãe voltou-se para Kiril Kirílitch, contou longamente como seus filhos a atormentavam e concluiu assim:

— É hora de mandar todos para a escola... em casa eles só fazem bagunça. Veja só Micha, não foi ao ginásio... Você, Andrei, pelo menos poderia açoitá-lo.

— Nenhuma chicotada tem qualquer efeito sobre ele — disse meu pai e enfiou a cabeça no travesseiro, dando a entender que não estava nem um pouco disposto a conversar sobre a educação dos filhos.

— Vou dar todos eles! — mamãe exclamou com fervor. — As meninas podem largar os livros e começar a costurar; eu mesma, graças a Deus, vivo sem livros, e Deus conceda que vivam assim. Mesmo tendo instrução, ninguém as quereria! – Mamãe sorriu. – Vou mandar Mikhail a um professor, talvez ele o eduque... O que mais eu poderia fazer?... Está ouvindo, Andrei?

Papai respondeu com um expressivo "hm". Mamãe continuou:

– Fiódor irá para meu irmão Semión, e que aprenda a desenhar.

Aqui ela parou, à espera de uma inspiração em relação ao lugar onde colocar o resto das crianças.

– E que idade tem a sua Natália? – perguntou Kiril Kirílitch.

Mamãe ficou confusa. Como costumava mentir sobre sua própria idade, acabava perdendo também as contas da idade de seus filhos.

– Acho que tem dez – respondeu ela, mas enganou-se: eu já tinha doze anos completos...

– E Ivan?

Mamãe ficou com raiva.

– Quem lá sabe que idade eles têm!

Meu pai, achando, pela súbita elevação da voz de sua esposa, que ela lhe perguntava alguma coisa, murmurou mais uma vez: "Hm..."

Kiril Kirílitch sugeriu que me mandassem para estudar música.

– Esplêndido! – mamãe exclamou. – Pois bem, e aqueles dois mais novos para um colégio interno! Certo, Andrei?

Em vez de uma resposta, ouviu-se ronco.

– Vejam só! – mamãe exclamou com raiva. – Eu

tenho que cuidar de tudo sozinha!

Ao saber de nosso destino, corremos até a tia Aleksandra Semiónovna, a rodeamos e logo começamos a tagarelar todos ao mesmo tempo sobre os nossos futuros destinos.

– Micha será enviado a um professor.

– Que bom!... Mas diga-lhes, titia, que se me baterem eu não vou estudar... me tornarei soldado por conta própria!

Micha falou com tanta determinação que titia se assustou e começou a persuadi-lo.

– E Fiédia vai aprender a desenhar com o tio...

– Bom, irmão, ele vai te ensinar a escrever cartazes comerciais.

– E Natacha e eu seremos músicos itinerantes. Devemos ajudar a mamãe.

– E você, titia, junto de Stepanida Petrovna, aguardem só e ela vai mandá-las aprenderem a dançar... vocês vão dançar a A *sílfide*[20].

– Chega de disparates...

Titia se zangou, nós rimos e Micha ficou cada vez mais furioso e ameaçando partir para o Cáucaso.

– Vá, irmão! – gritou para ele o futuro músico. – Vou compor uma marcha quando você se tornar comandante de regimento.

Passamos o resto da noite especulando sobre nossa vida futura. Meus irmãos mais novos, Piótr e Borís,

[20] A sílfide era um balé em voga na época (1832), que, inclusive, inspirou a novela *A sílfide* (1837), de Vladímir Odoiévski.

choravam com amargor. No dia seguinte, tia Aleksandra Semiónovna tentou balbuciar algo sobre eles ainda serem muito novos, mas nossa mãe respondeu com raiva:

— Você os mima! Pequenos! Eles! Na idade deles, outras crianças já alimentam os pais!...

De fato: naquela época, dois rapazes um pouco mais velhos do que os meus irmãos viajavam pela Europa, dando concertos e angariando muito dinheiro. Também visitaram São Petersburgo. Mamãe, pela primeira vez na vida, decidiu comprar um camarote e nos levou para ouvi-los... Durante todo o concerto, nem por um minuto ela deixou de cantarolar para nós que existiam crianças como aquelas: que alimentam o pai; enquanto ela não tinha duas, mas oito, e nenhuma servia para nada a não ser desapontá-la...

Nossa triagem começou e terminou muito rápido. Micha foi morar na casa de um professor que havia agradado à mamãe. Os irmãos menores, com seus novos uniformes, choraram amargamente despedindo-se dos brinquedos que me haviam dado para guardar, e pediram que eu os buscasse no sábado bem cedinho. Aleksandra Semiónovna também derramou lágrimas e deu uma moeda de dez copeques para cada um. No dia seguinte, mamãe repreendeu-a com severidade por ter nos mimado, e titia voltou para seu quarto chorando... Amaldiçoamos e xingamos os espiões em voz alta, sabendo muito bem que Stepanida Petrovna estivera fofocando sobre ela: depois de tais façanhas, com frequência fugia para a casa de sua mãe e voltava apenas no dia seguinte, quando a tempestade já havia se acalmado.

Não gostávamos do tio a cuja casa o irmão Fiódor foi enviado para estudar, pois ele era uma pessoa muito rude. Considerava que eu e meus irmãos não havíamos sido açoitados o suficiente e dizia o seguinte: "Se tivessem me deixado os chicotear, vocês iam ver só!" E sua voz soava com tanta emoção como se esses fossem seus sonhos e desejos mais doces na vida. Sua figura era muito original: o rosto era comprido, com marcas de varíola e uma sempiterna expressão de pensamento profundo, o nariz era grande e obtuso, os braços e pernas, tudo desajeitado; seus pequenos olhos cinzentos eram tão inexpressivos e vazios que, se ele não mexesse os membros, poderia ser confundido com um espantalho malfeito. A natureza rude e a falta de educação evidenciavam-se a cada passo. O seu andar era rígido e lento, ele mantinha sempre uma mão atrás das costas, como se esta estivesse colada ali. Quando entrava no quarto das crianças, beijava a sua sobrinha preferida, Sônia, na testa, e também Kátia, por uma questão de decoro: "Bem, olá, Sônia; olá, Kátia..." Quando se tratava de mim, ele virava-se e dizia secamente: "Bem, olá, *Mademoiselle* Natália." Depois, exclamava: "Como me doem as costas, Sáchenka!", era assim que ele chamava tia Aleksandra Semiónovna, ou: "Como sofro com essas hemorroidas, Sáchenka!" Cumprimentava a própria irmã com muita frieza: não gostavam um do outro, e Stepanida Petrovna zombava dele sem disfarçar. Gostava muito de contar histórias, mas falava de tal maneira que ninguém o conseguia entender; quando acabava uma história, ele ria muito alto. Eu me juntava sempre a ele: divertia-me muito o seu ar de profundo pensador e a sua confiança de que falava com muita erudição. Acontece que ele passava longos períodos em Kursk, e todas as informações que trazia de lá consistiam no seguinte:

– Imagine, Sáchenka... hahaha! Lá as uvas custam uma *grivna*[21]... hahaha! Aqui só tem porcaria, mas em Kursk vi uvas que chegavam a um *archín*[22]...

– Kursk é uma boa cidade, tio? – perguntei em tom de zombaria.

– É boa! Você vai andando e te empurram uvas, juro, um cacho inteiro do tamanho de um *archín*, e mesmo os mujiques comem... hahaha!

Ele morava com os pais. Muitas vezes visitei minha avó e vi como viviam. O apartamento era pequeno, apenas três quartos e uma cozinha, sem criados; a minha avó assumia pessoalmente o cargo de cozinheira e de criada. Meu avô tinha seus passatempos preferidos, que não cederia a ninguém no mundo: acender o fogão, limpar o *samovar*, os castiçais e as facas. O tio se dedicava à pintura e servia na heráldica, mas o serviço era fácil, havia poucos trabalhos particulares e por isso passava o tempo jogando paciência com o baralho, fumando devagar um cachimbo curto e roendo

[21] Moeda de 10 copeques, isto é, um valor bastante pequeno para o contexto.

[22] Antiga medida russa de comprimento equivalente a 0,7112 metro.

as unhas, hábito que deixou suas mãos tão desfiguradas que eu me sentia mal quando olhava para elas. Por vezes, ele passeava pela sala com a mão atrás das costas e cantarolava: "Um jovem marinheiro preparava os navios para viagem", e de modo tão melancólico que eu sentia medo, aninhava-me em minha avó e pedia que ela me contasse algo sobre sua vida. Mas o sono desempenhava o papel principal na vida de titio. Muitas vezes ia para a cama depois do almoço e só acordava no dia seguinte à noite e, ainda assim, graças à vovó, que, assustada pelo filho ter ficado tanto tempo sem comer, finalmente tomava coragem de lhe dar umas sacudidas. Ele abria os olhos inchados e dizia com aspereza:

– Por que você está me importunando com seu chá?... Não se pode pegar no sono, é só deitar, que já te acordam: "Levanta, Semión..."

Só quando se juntava a nós é que se convencia de que já era outro dia.

– Me dê, *Mademoiselle* Na-ta-lia, o cartaz da peça de hoje.

Entregava-lhe o cartaz. Depois de contemplar a data com aquele ar de profundo pensador, ele caía na gargalhada.

– Hahaha, Sáchenka! Fui dormir no dia sete e agora já é oito... hahahaha!...

Foi a ele que mamãe confiou a educação de meu irmão Fiódor; o tio o recebeu com as seguintes palavras: "Bem, meu amigo Fiódor, não seja preguiçoso, senão eu te açoito", e ele manteve sua palavra. Espancado e açoitado, o pobre menino tornou-se gago, e quando voltou para casa parecia um mendigo louco...

— O que houve, Fiédia, te açoitaram de novo essa semana? — eu perguntava.

— Si.. sim... cinco... v... vezes — ele respondia com um tremendo esforço.

Eu chorava quando ele voltava para a casa de titio...

Felizmente para Fiódor, ele era mimado por vovó, a quem todos amávamos: ela nos trazia guloseimas todos os domingos, tratava-nos com carinho e nunca nos dava sermões...

Ao perceber que vovó alimentava o neto em segredo, o tio se endureceu e ameaçou trancá-lo em um quarto separado. Primeiro ele açoitou meu irmão com a vassoura; mas vovó ficou zangada e por muito tempo não a entregou para ele, argumentando que precisava dela para varrer a cozinha... Cansado de tomar vassouras emprestadas e percebendo que a velha esperta começou a trazer aquelas com varas mais finas da casa de banhos, o tio comprou uma carga inteira de varas de um vendedor finlandês que gritava na rua: "Vassouras! Vassouras!", mandou guardá-las na despensa onde estava a lenha e, ao se encontrar com a nossa mãe, exigiu que reembolsasse o dinheiro gasto...

Irritado com alguma linha torta desenhada por Fédia, o tio mandava o sobrinho trazer as varas da despensa: "Olha, pegue as boas, senão eu mesmo vou, e vai ser pior!" O sobrinho, como se tivesse recebido uma ordem para trazer um copo d'água, saía em silêncio. A princípio, tentou comover o carrasco, chorou, jogou-se de joelhos diante dele, implorou; mas o algoz caminhava devagar pela sala, fumava e calava-se, sem prestar atenção ao meu pobre irmão... O menino pálido e trêmulo, de lábios azulados, continuava a gemer e soluçar, implorando para que pelo menos o castigo fosse adiado, mas o tio permanecia calado. Em desespero, ele rastejava de joelhos até o tio e beijava seus pés — mas tudo em vão!... E meu irmão finalmente desistiu de suas tentativas inúteis. Ao primeiro pedido, ele ia até vovó buscar a chave da despensa.

— O que é que foi, Fiédia, outra vez? — ela perguntava apavorada.

— Sim, vovó, outra vez.

E meu irmão chorava, emocionado com sua compaixão.

— Não vou te dar a chave... diga isso ao desalmado!

Mas meu irmão implorava que ela desse a chave, dizendo:

— Vai ser pior, ele vai me bater até a morte!

Vovó corria com ele até a despensa, repetindo:

— Meu Deus, meu Deus! Que vida! Uma criança está sendo torturada, eu tenho que assistir e ainda entregar as varas... Isso é pior do que qualquer prisão! — Retirando um maço de varas, a avó e o neto começavam a escolher.

— Aqui está uma boa vara para você, Fiédia — dizia a vovó.

— O que a senhora está dizendo, vovó? — objetou

o neto e com medo jogou fora a vara fina para evitar a tentação.

— Então essa aqui...

— Não, vovó, deixa isso pra lá! Eu mesmo escolho; a senhora só me dá as finas e secas...

E ele escolhia com diligência as melhores varas.

O tio o recebia com um sorriso alegre. Segurando o cachimbo entre os dentes, ele pegava as varas, examinava cada uma delas com carinho, balançava-as no ar, e a vara se curvava e sibilava algo terno em seu ouvido. Ele respondia com um sorriso meigo, como se fosse para uma mulher fervorosamente amada. Enquanto isso, o sobrinho preparava o patíbulo: pegava uma tábua, colocava-a sobre duas cadeiras e reforçava-as com uma corda para que não se separassem; então ele se deitava na tábua para testar sua resistência. Por fim, devidamente preparado, esperava a tortura, mudando o semblante a cada momento... O tio caminhava devagar e fumava... terminado o cachimbo, dizia: "Deite-se." Estremecendo e olhando para o rosto severo do carrasco, o sobrinho cumpria calado sua ordem, envolvia os braços em torno da tábua e pressionava-a com força contra o coração, que queria saltar para fora do peito e batia com força contra a madeira, como um pêndulo... Arregaçando as mangas até os cotovelos, endireitando os membros, o carrasco erguia a mão armada...

Ao terminar, gritava: "Levante-se", e ia encher o cachimbo cantarolando: "O jovem marinheiro preparava os navios para viagem."

Os soluços do sobrinho misturavam-se ao seu canto tristonho; ele parava por um minuto e perguntava: "Aha! Foi bom?" e voltava a entoar: "O jovem marinheiro preparava os navios para viagem..."

Ao ver o neto martirizado, vovó desatava a chorar com amargor, queixando-se de seu destino cruel, alimentava-o com uma torta recém-tirada do forno e prometia preparar-lhe café depois do almoço. Então ela ia ter com o filho, tentava persuadi-lo, chamava-o de assassino e torturador e ia embora desesperada, exclamando:

– A quem será que você puxou, seu desalmado?

– Com certeza, não foi à senhora – ele gritava para ela com orgulho.

O nosso avô também uma vez tentou defender o neto, mas o filho ordenou-lhe com voz sombria que não interferisse em algo que não era de sua conta... Depois desse incidente, o avô, como um grande covarde, nesses casos corria para o vestíbulo e, tapando os ouvidos, gritava: "Senhor! Ele vai matar! Ele vai matar! E com quem este desalmado aprendeu a bater assim? Nunca lhe encostei um dedo..." A primeira cena dessas provocou um alvoroço em todo o prédio; ao ouvirem gritos frenéticos, os moradores colocaram os rostos preocupados para fora das janelas. Mas logo todos se acostumaram e, por fim, meu irmão, vendo que seus gritos deixavam o tio mais violento, parou de gritar. A partir daí, os castigos transcorriam em silêncio, e apenas os meninos do alfaiate – que moravam ao lado – não deixavam de acompanhar com ávida curiosidade as proezas do tio, que sobre eles exerceram uma influência benéfica. Seus rostos pálidos tornaram-se visivelmente alegres; não apenas se reconciliaram com seu destino, mas até o abençoaram depois de terem visto com seus próprios olhos que uma chicotada poderia ser ainda mais dolorosa do que a chicotada de seu amo... Já o senhor alemão perdeu todo o respeito por si próprio, o tendo redirecionado para o tio severo. Encontrando-o no vestíbulo, fazia-lhe profundas reverências, e ao avistar minha avó, dizia: "Que bom sujeito é o seu filho!"

VI

Eu adorava visitar a vovó, e os dias que passei com ela foram os mais felizes de minha infância. Cozinhávamos juntas, eu colocava lenha para preparar a janta, cobria-a de perguntas, e a gentil vovó me respondia de bom grado e com carinho... Esses momentos enchiam-me de felicidade... Vovô, que a todo momento resmungava para vovó, por vezes implicava comigo quando eu deixava cair alguma coisa ou a mudava de lugar, mas sua rabugice limitava-se aos resmungos...

Ele tinha cerca de 60 anos; era alto e terrivelmente magro. As bochechas eram encovadas, as pernas pareciam galhos secos; o nariz era comprido, muito comprido, e como se estivesse um pouco entortado pela magreza, os olhos eram miúdos, a boca enorme, a cabeça pequena, coberta de cabelos ralos castanho-claros, quase sem fios grisalhos — essa era sua figura. Fazia a barba apenas uma vez por semana — para economizar dinheiro, e isso o tornava ainda mais assustador à primeira vista. Ele andava rápido e caminhava a passos largos; em suma, parecia-se muito com Dom Quixote, exceto pela expressão calma e bravia do personagem; vovô era tão medroso quanto uma criança... Durante dez anos usou o mesmo casaco de pele de cordeiro forrado com nanquim verde que havia se tornado escuro com um brilho seboso e possuía apenas alguns farrapos de pele restando; calças de nanquim bege amarradas na cintura com fitas; meias grossas e sapatos desajeitados como galochas – esse era seu traje. Todavia o que mais chamava a atenção era a gravata gigantesca, que deixava o pescoço de vovô mais largo que sua cintura. Ele próprio a havia feito durante uma alucinação alcoólica, quando lhe pareceu que demônios queriam enforcá-lo. A gravata distinguia-se pela espessura e elasticidade extraordinárias, a sua finalidade era retardar a ação de uma corda hostil caso fosse lançada ao redor de seu pescoço. A partir de então, ele nunca mais tirou a gravata salva-vidas e, quando ia a algum lugar, amarrava um lenço nela. No entanto, tais ocasiões eram muito raras. Ele não saía de casa mais de duas vezes ao ano, com medo de deixar a cama em que escondia todo o seu tesouro. Tendo se aposentado com uma pensão por doença, começou a economizar dinheiro e escondeu-o debaixo do colchão, entre partituras antigas. Temendo que roubassem seu dinheiro e bebessem seu rum, não permitia que ninguém tocasse em sua cama, que ficava bem ao lado do fogão. Depois de ter aquecido o fogão ao máximo, tampava-o e esticava-se na cama em toda a sua altura, com a cabeça virada em direção ao fogo, gemendo de prazer e rangendo os dentes... Ele era resistente à asfixia por fumaça e não acreditava em sua existência, e quando vovó desmaiava, ele atribuía sua dor de cabeça ao vinho, resmungava e reclamava enquanto bebericava às escondidas o rum da garrafa que mantinha embaixo do colchão. Tendo começado a economizar dinheiro, ele se pôs a provocar a vovó; separando uma nota azul para as despesas, colocava-a na mesa perto de si e a atiçava, dizendo que seus olhos saltavam ao ver dinheiro. Depois de resmungar por umas quatro horas, ele finalmente entregava a nota, mas passava o dia todo repreendendo-a por levá-lo à falência.

Meu avô também gostava de ler, mas lia apenas um livro: o calendário de Bruce[23]. Aproximando a lupa de um olho e apertando o outro, ele segurava o livro a uma distância de dois quartos e lia em voz alta para mim que "uma jovem nascida entre o dia quinze de tal mês e o dia quinze de tal outro mês é teimosa, gastona, gosta de comer peixe, tem inclinação à languidez, por fora, parece espiritual, mas no fundo é cruelmente infectada por uma paixão carnal. Uma vez casada, ela não amará o marido, mas seguirá sua antiga inclinação", e exclamava: "Aí está o retrato da sua avó!..." Quando eu lhe pedia para ler a interpretação do dia do seu nascimento; no fervor de sua inspiração, ele começava: "O jovem nascido de quinze de outubro a treze de novembro é frio

[23] Um calendário astrológico cuja autoria foi erroneamente atribuída a James Daniel Bruce, um famoso político e líder militar da época de Pedro, o Grande. Publicado em 1709, o calendário era muito usado nos séculos XVIII e XIX para consultas agrícolas, além de trazer previsões astrológicas.

e inconsistente, tem uma natureza feminina, e é mesquinho e cruel em sua raiva..."

— Bom, Natacha, sabe-se lá se essas coisas são verdade ou não! — E vovô fechava o calendário ou se voltava para a vovó, tentando provar-me que as palavras: "cruelmente infectada por uma paixão carnal" aludiam a sua paixão pelo vinho.

Vovô fazia o possível para evitar que vovó fosse dormir depois do jantar. Vendo que ela não tardaria a arrumar a cozinha, ele se esparramava na grande cama dela com lençóis de chita, que antes era o leito conjugal, e esperava com deleite a chegada de vovó... Ao ver meu avô estirado, eu corria para contar minha tristeza a ela, com quem queria me deitar para ouvir os contos de fadas e histórias sobre o passado... O que fazer? Como expulsar o vovô? Eu entrava no quarto dele, deixava cair algo barulhento de propósito e me escondia atrás da porta. Ao ouvir a batida, ele dava um pulo e se precipitava para o outro quarto, enquanto eu corria para minha avó com a notícia de que a cama estava livre. Deitávamos juntas e, por nossa vez, esperávamos com triunfo por vovô. Ele vinha, sentava-se à mesa, tamborilava com os dedos e recitava de cor a parte do calendário de Bruce que dizia que vovó era gastona e briguenta, adorava a languidez e o luxo. Fingíamos que estávamos dormindo, eu roncava de propósito e vovô, rangendo os dentes, se retirava para o quarto resmungando. Ríamos baixinho de nossa travessura, e eu implorava a vovó que me contasse alguma história.

Ela tinha mais de cinquenta anos. O rosto ainda conservava os sinais de sua antiga beleza, apesar de sua longa vida de trabalho árduo, da miséria e do vinho, ao qual se entregara em sua dor. Seus próprios filhos a tratavam, e ao vovô, com desprezo. Às vezes, perdendo a paciência com a grosseria e os resmungos do marido, ela entornava um copo a mais e ameaçava matá-los todos, mas mesmo nesses momentos acariciava os netos, dizendo:

– Eu sei, eu sei de tudo, Natacha, sua mãe e seu pai não amam vocês, todos os meus filhos são maus, coitada de mim...

E então ela chorava, e das lágrimas passava às ameaças:

– Matarei todos eles! Me xingam de bêbada, mas mesmo sendo bêbada, eu não torturaria meus próprios filhos. É certo que criei desalmados, para a minha própria desgraça.

Ela mudava a voz e continuava:

– Que vergonha – não queremos saber de vocês!... Eu mesma não quero saber de vocês! Ah, seus sem-vergonhas! Em outros tempos, durante semanas inteiras, eu não via nada à mesa além de pão de centeio e tremia em um quarto frio com seis filhos, um menor que o outro. Numa situação dessas, a pessoa bebe qualquer coisa para se aquecer. Às vezes, Natacha, uma vizinha ouvia por trás das paredes que eu estava chorando com meu bebê e vinha com um copo, me implorando pra beber: dizia que assim teria mais leite e o bebê ia parar de chorar. "Ora, se você beber, ficará mais quente e terá um sono profundo." E quando chegava seu avô, também estava todo congelado, não tinha um casaco de peles como seu pai e sua mãe têm, só aquele capote com bordas, sabe qual é, Natacha?

— Eu sei, vovó; aquele com colarinhos?

— Sim! Então, ele chegava em casa quase congelado; tocava na orquestra de dia e à noite, e de madrugada corria para tocar num baile qualquer; às cinco da manhã, voltava a pé sabe Deus de onde, sem poder pagar um cocheiro, acredita? Se pelo menos pudesse se aquecer e descansar, mas o quarto era frio. Eu arranjava um pouco de fogo e acendia o restinho de madeira, que guardava especialmente para ele depois da gente passar a noite sem se aquecer. De tanto frio, ele não conseguia segurar nada nas mãos, se esfregava e batia as mãos uma na outra — e a muito custo conseguia se aquecer. Eu pegava no fogão uma sopa de repolho um pouco morna ou um mingau, o que quer que tivesse sobrado das crianças. Ele tirava o capote e comia, dava pena só de olhar, de tão magrelo... Às vezes, perguntava: "Nástia, você já jantou?", "Sim, jantei", e pensava sozinha: "Claro que não! Se eu tivesse comido, você não teria nada para beliscar..." O seu avô, Natacha, não era assim tão malvado, por Deus, eu te juro! "Não precisava, Nástia, eu podia deitar sem comer, tenho com o que me aquecer." Tirava uma garrafinha do bolso do capote, bebia e me oferecia, dizendo: "Dê um gole, Nástia, vai te aquecer." No começo a minha boca pegava fogo com um só gole, mas depois eu passei a beber um copo ou dois. Por Deus, eu criei todos os filhos para a minha própria desgraça. E quando demos sua mamãe em casamento, a gente trabalhava dia e noite; entreguei a eles tudo do bom e do melhor, mas agora, assim que chego na sala, ela também me enxota: "Vai, mamãe, para o quarto das crianças, lá te farão um ponche." Eu preferia que ela não me envergonhasse na frente de todo mundo... E quando o outro desalmado, seu tio, pegou varíola, antes ele não tinha tantas marcas no rosto e era um bom menino, mas parece que a varíola arruinou até sua alma – quanta desgraça sua avó passou! Quanto dinheiro seu avô gastou! Não parava de dar presentes ao médico. E, veja só que monstro criamos. Se eu soubesse que ele seria assim, teria estrangulado o homem com as próprias mãos, Deus me perdoe!

Vovó ia até o armário, enchia um copinho, entornava-o em um só trago, torcia o nariz e continuava:

– Ah, Natacha, quanto a sua avó sofreu: às vezes eu colocava as crianças para dormir e ficava ali plantada, sem conseguir pegar no sono, com o coração apertado: o que seria do meu filho doente? Ele era o único menino. O resto, todas meninas. Eu colocava um prego na porta; não tinha fechadura nenhuma; um sapateiro tinha vivido aqui antes da gente – os meninos dele devem ter arrancado a fechadura para vender. Pedi uma nova ao senhorio e ele falou: "O que é que tem para roubar na sua casa?" E o pior é que tinha razão: éramos gente pobre! O salário era pequeno, a gente precisava se vestir bem ajeitado, nem que morrêssemos de fome, não éramos como seus pais! Roupas de criança, uns vestidos velhos, um capotezinho quente, mas mesmo esse só cobria os ombros – e às vezes no inverno fazia um frio de rachar – eram toda a riqueza que a gente tinha... Certa vez, por pouco eu não cometo um pecado... Eu estava sentada sozinha numa noite e ouvi um farfalhar. Era uma casa nojenta, sabe; quem é que não tinha vivido aqui? Uma hora eram tártaros, na outra, judeus, e às vezes até fugitivos; a cada dois dias vinha alguém incomodar. É que construíram uma casa grande, mas chegaram no meio da obra e pararam – sabe lá Deus se não tiveram dinheiro suficiente ou se foi algum processo; por isso, metade dela ficou sem janelas, se bobeasse, dava para uma gangue inteira de ladrões se esconder lá dentro. Vivia ali todo tipo de artesão e andavam pelo quintal como se fossem vagabundos, e como era um quintal de passagem, ficava difícil pegá-los! A escada de madeira – olhe só, não tinham nem feito uma de pedra – apodreceu e desmoronou, e eu e os outros inquilinos ficamos uns seis meses subindo pelo escadote, e depois tivemos de fazer uma escada com tábuas velhas, que não era muito melhor do que um escadote. Às vezes, íamos reclamar com o senhorio, dizendo que não dava nem para passar, mas ele repetia a mesma coisa: "Como se acham importantes! De qualquer jeito, assim que vocês mesmos ou seus filhos ficarem com fome, vão subir rapidinho..." Era um vagabundo! Uma vez tentou me abraçar, mas eu dei a ele uma lição daquelas. À noite, quando eu vinha da loja com um jarro de *kvas* numa mão e um melaço para as crianças na outra, já estava para colocar o pé no escadote e vi aquela fuça vermelha. "Onde é que a senhora foi?", "À loja", "A senhora", ele falou, "está se matando em vão; é tão linda, seu marido nunca saberá, mas eu lhe darei o apartamento daquele sapateiro pelo mesmo preço, e ainda te faço uma escada..." Nisso, ele continuava a me apalpar. Eu disse: "Me deixe em paz, não quero nada do senhor", e aí ele me agarrou e me deu um beijo na bochecha. Eu fiquei com tanto nojo que teria matado o homem ali na hora, e então disse: "Ah, seu velho pecador, eu posso ser pobre, mas não quero saber dessa tua fuça!", joguei o *kvas* no rosto dele e comecei a escalar o escadote. Bom, ele espirrou, tossiu e me seguiu, mas eu era jovem, fui mais ligeira e consegui alcançar a porta, ele chegou no meio do caminho, se assustou e começou a me amaldiçoar sem nenhum pudor. Você, ele disse, é assim e assado; espere, espere só, vou te dar uma lição, minha pombinha, por me encharcar de *kvas*; vou tirar até mesmo esse escadote, disse ele, e veremos como você cantará quando seus filhotes ficarem com fome. Cheguei em casa nem viva, nem morta: as crianças pediam algo para beber, mas só restava o fundo da jarra, e tive medo de voltar à loja. Pensei: se ele de fato tirar o escadote, vou ficar lá embaixo. Com muito custo acalmei as crianças, me apressei para preparar o chá com melaço e enfim se calaram.

— Por que a senhora não se queixou dele para o vovô? — perguntei, indignada com o senhorio.

Vovó soltou uma meia risada e respondeu:

— Grande coisa o seu avô! Sempre foi um covarde. Uma vez viu um ladrão e ficou feito uma criancinha assustada. Mas sua avó sempre foi um cossaco casca-grossa, e até mesmo um ladrão já me chamou de mulher durona.

— Como assim, vovó, a senhora falou com o ladrão e ele não a matou?

— Não, ele não fez nada, só me assustou. Bem, vou te contar, eu já enfrentei poucas e boas na vida!

Vovó apoiou o queixo na mão e ficou pensativa. Depois de passar cerca de três minutos assim, abanou com a mão, voltou ao armário e começou a beber direto da garrafa... Eu me surpreendia com o quanto ela bebia daquela coisa amarga. Uma vez, por curiosidade, provei uma gota que sobrara num copinho e depois senti minha boca arder por uma hora inteira...

— Vovó, vovó! — gritei, cansada de vê-la assim.

Vovó estremeceu, recolocou depressa a garrafa no lugar e fez barulho com garfos e facas, como se estivesse arrumando o armário.

— Vovó, conte-me sobre o ladrão.

— Espera, Natacha, me deixe arrumar aqui — respondeu ela com uma voz descontente, bateu a porta do armário e deitou-se na cama, onde eu já a esperava havia muito tempo — Minha nossa, Natacha, sua avó está cansada! Hoje eu corri e corri ao longo da praça

Sennáia; meus pés e mãos ficaram tão congelados que mal consegui carregar a trouxa até em casa.

— Vovó querida, me conte do ladrão!

E eu beijei vovó com força.

— Já chega, Natacha, está me doendo, você beija com tanta força. Escute, eu vou te contar. Onde é que eu parei mesmo?

— Vovó, a senhora estava sentada sozinha à noite e ouviu um ladrão fazendo barulho do lado de fora da porta — ajudei-a a se lembrar em uma tagarelice.

— Bem, lá estava eu sentada sozinha e ouvi alguém forçando a porta para abrir. Perguntei: "Quem está aí?", pensei que era algum inquilino pedindo fogo, mas ninguém respondeu!... Vi que tinha alguma coisa errada, a porta balançou ainda mais. Pensei sozinha: e se for um ladrão! Vai roubar a última roupa das crianças e, além disso, é capaz de acordarem, elas vão gritar, e ele, o vagabundo, ainda pode estrangular meus meninos! Eu estava tão assustada que me arrepiei todinha; o que fazer? Pensei: vou gritar como se não estivesse sentada aqui sozinha, e comecei a chamar: "Ivan! Ivan, levante-se! Alguém está andando por ali. Ora, pelo menos você, Fiódor, levante e abra a porta!" Alguém se esgueirou para longe da porta, mas um minuto depois voltou a fazer barulho. Eu gritei outra vez: "Levantem-se, rapazes, olhem, alguém está aprontando ali na porta...!" Peguei as botas velhas do seu avô, calcei-as, bocejando e espreguiçando, fui andando até a porta, enquanto me segurava para não chorar e meu coração disparava de tanto medo. Ouvi alguém descendo a escada lá fora; escancarei a porta e gritei com uma voz grave: "Quem é que está aprontando aí? Vou matá-los!" E bati a porta o mais depressa que pude, mal me aguentando em pé. Pus um prego na porta, em baixo, e outro em cima, e comecei a andar pela sala, pisando forte com as botas e falando, espirrando e tossindo com vozes diferentes.

– E então? Eles foram embora, vovó?

Eu estremecia toda de medo.

– Que nada! Escute. À noite, ouvi baterem à porta, como se a casa estivesse pegando fogo. "Quem é que está aí?", "Abra logo!" Fiquei feliz – era a voz do seu avô, tirei os pregos e me afastei – ele estava tão pálido, se tremendo todinho. "O que é que você tem, Piótr Akímitch? O que é que está acontecendo?", perguntei. Ele mal conseguiu contar que tinha alguém dormindo no corredor da entrada, em quem ele tropeçou e por pouco não caiu. Como agora éramos dois, recobrei a coragem e disse: "Ilumine, Piótr Akímitch, vou dar uma olhada", e pensei comigo mesma: Pelo visto é meu ladrão que se acomodou ali!

Saí para a entrada e vi um homem enorme deitado, de camisa vermelha e cabelo ruivo, roncando no chão como se estivesse em casa. Dei um pontapé na costela. Ele levantou num pulo feito doido, olhou em volta, olhou para nós e depois escapuliu correndo... Fiquei até com vontade de rir e disse ao seu avô, que tinha deixado a vela no chão e se escondido no quarto: "Por que é que você não foi lá atrás dele para iluminar a fuga? Que diabos, é capaz dele se estatelar na nossa escada por falta de hábito!" Rimos, fui preparar o jantar e disse: "Agora estou com medo de ir sozinha lá fora buscar a comida; pegue uma vela e vamos juntos." Abri a porta da despensa, mas, e sabe-se lá por que, não estava cedendo! Abaixei e espiei – entre a despensa e a lenha tinha uma bota, ouvi alguém roncando e comecei a puxar a bota. Por detrás da lenha, primeiro apareceu alguma coisa desgrenhada... Ai, senhor! E se fosse um *domovói*, um espírito da casa? Então eu comecei a fazer uma oração, mas vi que saiu de lá um mujique todo cinza, com marcas de varíola, bem forte. Os cabelos feito um gorro, a barba toda emaranhada. "Ora, bolas, por que é que está gritando, mulher?..." Mas depois viu seu avô, que já estava escapulindo de fininho pela porta. Perguntei ao outro, ao vagabundo: "O que está aprontando aqui?", e ele: "Não vê que eu estava dormindo?!"

"Eu vejo que estava dormindo, mas aqui por acaso é lugar para isso?... hein?... Vá para casa, se tiver uma, ou você vai ver só!" E ele, o vagabundo, deu uma olhada atenta em nós e gritou: "E o que é que eu vou ver só? O que foi que eu fiz? Roubei alguma coisa?...? Hein?..." Assustei e cambaleei para trás, depois gritei de volta: "Silêncio, meu irmão, silêncio! Nem tem nada para roubar aqui" E ele, o bandido: "É mesmo, não tem nada para roubar!", coçou a nuca, olhou para dentro da despensa... "Me deixe beber um pouco de *kvas*, tia, em nome de Deus, e eu vou-me embora.

Não aguento mais, minha garganta está seca." Eu falei assim: "Não admira, você estava roncando igual um porco!" "Eu sei", diz ele, "nasci com esse defeito. Uma vez quase me arruinei, mas fazer o quê? O provérbio tem razão: pau que nasce torto nunca se endireita..." Não tinha o que fazer, entreguei-lhe a jarra, ele bebeu tudo, secou a barba com a manga, sorriu e disse: "Tia, tia! Deixa eu comer um bocado, pelo menos uma carninha..."Enquanto isso, ele já estava se dirigindo ao armário. "Ah", eu disse, "seu pecador! Quebrando o jejum em uma quarta-feira?[24]..." E ele me respondeu: "Ora, tia, me dá só um pouquinho, o pecado fica por conta da minha alma, não será o primeiro!", "Bem, tome." Ele escondeu um pouco de carne e pão na roupa e disse: "Obrigado, tia, quem me dera você tivesse feito isso logo, em vez de ficar gritando! Você é uma mulher esperta, mas, mesmo assim eu me daria bem com você. E aquele pingente de gelo ali, eu teria derrubado com um dedo" Ele apontou para o seu avô, que estava na soleira da porta, tremendo como uma vara verde... Eu confesso que achei tudo muito engraçado... "Bem, tio, Deus te abençoe!", eu disse ao mujique, "Chega de conversa fiada!..." O homem botou o chapéu de lado, assobiou e disse: "Adeus, obrigado pelo lanchinho." E aí pensei comigo mesma: e obrigada eu pelo papinho...

— Depois disso eu passei muito tempo com pavor de ficar sozinha à noite, com medo de que meu

[24] Na igreja ortodoxa, dominante até hoje na Rússia, o jejum deve ser respeitado às quartas e sextas-feiras.

ladrão cinzento voltasse. No dia seguinte, de manhã cedo, fui até a entrada e eis que tinha uma faca caída no chão, e era das boas... Confesso que fiquei feliz, nunca tivemos uma faca assim tão grande – seria útil em casa. Acho que já faz vinte anos que a uso na cozinha, já está toda cega...

– Vovó, então essa faca que a senhora usa para descascar as verduras é a faca do ladrão?

Mas vovó não respondeu nada... Ora fechava os olhos, ora os abria de repente, murmurando: "Você vai ver só... fica me chamando de bêbada...!", e o resto ela terminava com os lábios, sem palavras, suspirando pesadamente e roncando de leve... Ou, então, de repente ela me chamava em voz alta:

– Natacha! Natacha!

– O que foi, vovó?

– Ah, você está aqui? – perguntava ela, baixinho.

– Estou aqui.

– Pois bem, durma, e sua avó também vai dormir: Cansei demais durante o dia!... Será que minha vida está melhor agora? Será mesmo, Natacha?... O quarto está mais quente e iluminado, mas... meu... De-us...

Vovó terminou as últimas palavras quase inaudíveis e se calou... A luz noturna mal iluminava e piscava muito; agitada, olhei com espanto para o relógio de parede, que me parecia vivo: na batida monótona do pêndulo, encontrei uma semelhança com as batidas do meu coração... Bem, e se aquilo não fosse um relógio, mas uma pessoa viva que fora transformada por alguma bruxa em relógio? E se eu também me transformasse em um relógio, ficasse pendurada na parede pela eternidade – dias e noites, balançando monótona sem descanso?...

Estava apavorada, tentava adormecer, mas não conseguia; quando voltei a abrir os olhos, tive a impressão de que o relógio sorria para mim e o pêndulo balançava ainda mais depressa. Virei-me, mas me pareceu que o relógio estava se movendo e de novo aparecia em minha frente, só que agora não sorria, e sim piscava para mim com lamento. Pulei da cama e, de súbito, os pesos do pêndulo se chocaram e eu corri – o relógio me perseguiu, batendo... Escancarei com força a porta para o quarto de meu avô e gritei bem alto:

– Vovô, o senhor está dormindo?

Meu avô pulou da cama e se demorou olhando em volta.

– Hein! Quem está me chamando?

– Sou eu, vovô.

– Ah... você, Natacha? Por que está correndo? E a velha, não está dormindo?

– Ela está sim, vovô.

– Olha, que mulher tão nobre! Aí está ela, descansando depois do jantar!

E ele foi para o quarto de vovó, eu o segui. Meu medo desapareceu... Vovô aproximou a vela do relógio, com o qual sua cabeça ficou quase nivelada, embora estivesse pendurado muito alto.

– Natacha! Já passou das seis da noite, hora de acordar a vovó e colocar o *samovar* para aquecer!

Não respondi nada, mas continuei olhando para o relógio e ouvindo suas batidas: tudo estava como de costume. Depois de me acalmar por completo, peguei o calendário de Bruce, e vovô sentou-se ao lado da cama, tamborilou na mesa e acordou vovó com seus resmungos...

VII

Logo cessaram as visitas à casa de minha avó: meu irmão Ivan e eu fomos obrigados a fazer aula de música todos os dias. Nosso professor, um homem de meia-idade, não se distinguia pela inteligência ou pela erudição, mas era muito gentil conosco... Certa vez, nossos pais lhe tinham feito algum favor, não sei de que tipo, e a minha mãe, muito habilmente, insinuou-lhe que agora era a oportunidade perfeita para que fossem retribuídos. Ele a aproveitou, isto é, concordou em nos ensinar de graça e, desde então, nem a chuva torrencial, nem a nevasca podiam nos salvar da aula, acontecesse o que acontecesse na terra ou nos céus, íamos até nosso professor, surpreendendo os transeuntes com nossos trajes... Meu irmão vestia um capote que há muito tempo não lhe cabia mais; me colocavam à força o velho vestido quente da mamãe, cuja saia tinha uma bainha que a deixava duas vezes mais curta que o busto, e a cintura ficava quase na altura dos meus joelhos... As galochas, também da minha mãe, o tempo todo caíam dos meus pés, apesar da enorme quantidade de algodão nelas enfiada; por fim, consegui transformá-las em sandálias, e só então se mostraram úteis... No auge do inverno, calçávamos longas botas brancas e peludas, chamadas *vásska*, que retardavam nosso andar e à distância faziam-nos parecer ursinhos fugidos das correntes...

Nosso professor era casado, e os assuntos familiares muitas vezes o distraíam das aulas, para deleite indescritível de meu irmão Ivan. A esposa casou-se com ele por amor, e o professor conquistou seu coração com sua imprudência exemplar: com trinta graus abaixo de zero, ele passava o dia inteiro vagando debaixo de sua janela... Tal abnegação cativou tanto a jovem donzela que, apesar dos protestos de seus parentes, tornou-se sua esposa... Desde então, como prova de seu amor, ela o lembrava todos os dias de que havia recusado muitas propostas de casamento lucrativas pelo pobre músico — e o professor ficava feliz. Ele acreditava plenamente nela, e era impossível não acreditar depois das ternuras incessantes que ela lhe dispensava na frente de todos... Mas ele não sabia que ela também dispensava a um certo jovem essas mesmas ternuras. Todo o apartamento do professor consistia em dois cômodos. A porta que ligava o quarto à sala onde estudávamos não ficava bem fechada, e muitas vezes eu via no espelho como a esposa do professor trocava palavras carinhosas com o marido na frente do jovem, e com o jovem quando o professor, libertando-se de seus abraços, vinha até nós. O jovem por pouco não morava com eles. Era muito pobre, e a esposa do professor era muito caridosa: implorava ao marido que o convidasse para jantar todos os dias... Assim transcorriam suas vidas até que a esposa do professor começou a sair pela manhã, dizendo que tinha dor de cabeça e que necessitava de ar fresco. Certa vez em que ela não estava em casa e o professor estudava conosco, de repente, o jovem veio correndo, sem fôlego, e sussurrou algo no ouvido do professor. Ele empalideceu, pegou o chapéu, vestiu o casaco de pele e num minuto, de roupão e sapatos, desapareceu com o jovem. Ficamos muito felizes com a súbita interrupção de nossa aula... Passados poucos minutos, a mulher do professor entrou correndo no quarto; trocou de chapéu e de sobretudo e saiu de novo, dizendo-nos que não nos atrevêssemos a contar que ela havia voltado para casa... O professor apareceu tomado por tanta fúria que nos assustou: dava voltas pela sala, agarrava os cabelos, e não parava de repetir: "Vou matá-lo, vou matá-lo – e a ti também!" O jovem andava atrás dele tentando acalmá-lo, mas quando soube que o professor enfurecido queria matá-lo também, perguntou num tom ofendido:

– Por que eu? Qual é a minha culpa?

– Porque não me contou antes! Você mesmo disse que hoje não é a primeira vez...

A conversa foi interrompida pela chegada da esposa do professor, que entrou na sala com um rosto sorridente e, ao estender os lábios ao marido, disse:

– Olá, Kokocha...

O professor afastou-se da mulher com raiva e perguntou-lhe com uma voz estrondosa:

— Onde é que você esteve?

— Fui dar um passeio, Kokôchenka.

— Eu sei muito bem como foi esse passeio... E que você não foi sozinha...

A mulher do professor olhou com surpresa para o marido, depois para o jovem, e disse:

— Está louco, Kokochka!

— Não! — exclamou o professor. — Não estou louco! Vimos como você correu para o trenó quando nos viu. Reconheci seu chapéu preto... Se eu tivesse encontrado um cocheiro, a teria alcançado, senhora!

E caminhava ameaçadoramente pela sala.

— Quando? Como? Com quem? Por quê?!

E as perguntas da esposa insultada vinham em saraivada...

— Olha o que eu estou vestindo, que tipo de chapéu preto estou usando? Dê uma olhada!

E a mulher do professor atirou o seu chapéu amarelo no rosto do marido. O professor e o jovem ficaram envergonhados. Enquanto o marido correu para olhar o sobretudo, a mulher teve tempo de apontar o dedo ameaçador ao jovem e chamá-lo de patife. O professor trouxe o sobretudo da mulher e encostou-o bem no nariz do jovem atônito, perguntando:

— Isso por acaso é um sobretudo de peles?

A esposa do professor se desfez em amargas lágrimas e disse:

— É nisso que dá ter pena das pessoas e fazer-lhes o bem! Ouça-me, Kokocha! Ele tem me cortejado há muito tempo e queria me caluniar porque eu havia me recusado a lhe trair e ameaçado contar-lhe tudo.

Um berro de virtude insultada preencheu a sala. O jovem ficou visivelmente estupefato com tal reviravolta; abriu a boca, mas suas desculpas foram abafadas pelos gritos, ameaças e xingamentos do marido:

— Fora, seu desgraçado! Então é assim que retribui nosso pão e sal? Saia da minha frente, ou eu te mato!

E pareceu-me que o professor estava mesmo disposto a matar o jovem, que gritava:

— Mas, permita-me...

— Fora! Fora!

— Ela te...

— Cale-se, seu desgraçado!

E a esposa do professor, enquanto isso, zombava do jovem fazendo caretas por trás dos ombros do marido e provocava-o de todas as maneiras possíveis... Por fim, ele foi empurrado para fora, e a porta por pouco não quebrou, tamanha a força com que foi batida... A esposa do professor não precisou de muito tempo para fazer seu rosto triunfante parecer deprimido e taciturno... O professor, depois de um estado de espírito tenso e tempestuoso, de repente ficou muito atordoado e não sabia como se aproximar de sua esposa. Por fim, depois de um longo silêncio, teve coragem de dizer:

— Pipicha, não fique zangada, eu o expulsei.

— Só faltou cobri-lo de beijos!

E com raiva virou-se para o outro lado.

— Bem, me perdoe, sou um tolo, nunca mais vou acreditar em nada!

— Diga-me, por favor, como pôde confundir outra pessoa comigo?

E a esposa do professor sorriu.

— Veja, Pipicha, fiquei tão furioso, tão mortificado que perdi a cabeça: vi uma senhora de sobretudo de peles passeando com um homem... Fui até eles, e naquele exato momento entraram em uma carruagem, partiram tão depressa que pareceu de propósito... E, bom... Eu pensei que fosse você...

A esposa do professor desatou em uma sonora risada. O professor, vendo que a mulher gargalhava, juntou-se a ela. E assim gargalharam por cinco minutos seguidos...

— Ai, ai, Pipicha, veja só, eu fui assim com esses mesmos sapatos...

E novamente ouviram-se gargalhadas, e depois beijos carinhosos. O professor, lembrando-se de nós, mandou-nos para casa.

Daquele dia em diante, ele deu total liberdade à sua esposa. Muitas vezes, depois de trocar piscadelas com algum homem pela janela, despedia-se com ternura do marido e saía, e num minuto eu a via, não muito longe da casa, entrar num trenó com o mesmo homem e partir...

Quando o professor saía de casa e nos deixava sozinhos repetindo lições antigas, a porta do nosso cômodo se fechava e eu ouvia a voz de algum homem atrás da parede, e as risadas da esposa do professor seguidas de beijos...

***

Mudamo-nos para um novo apartamento; o mezanino não existia mais... Nos dias de semana eu me sentia terrivelmente entediada, esperando impaciente pelo sábado, quando os irmãos se reuniam... Minhas irmãs Sônia e Kátia tinham se tornado moças crescidas, e tia Stepanida Petrovna, ao contrário, tornava-se mais jovem, tendo reduzido ela mesma vários anos de sua idade e começado a pentear o cabelo para trás como minhas irmãs... Não queria parecer mais velha do que elas...

A monotonia do quarto das crianças era quebrada apenas pelas visitas de um pobre funcionário, Iákov Mikháilivitch, que costumava ir até o nosso canto do apartamento quando outros convidados se sentavam para jogar cartas... Parecia gostar muito de minha irmã Sôfia, que flertava com ele por tédio... Mas Stepanida Petrovna acreditava que as visitas frequentes eram por sua causa, e a esperança de casamento voltou a arder em seu coração.

Enquanto isso, nosso tio nos visitava com cada vez mais frequência. A paixão pelas cartas produziu nele uma reviravolta: tornou-se distraído, punia menos o sobrinho, começou até a ter sonhos em que as cartas desempenhavam o papel principal — o que jamais lhe tinha acontecido... Ele não gostava de fazer cerimônia com as sobrinhas, depois de cumprimentar-nos como de costume, de se sentar e conversar apenas para seu próprio prazer (uma vez que ninguém mais tinha o dom de achar suas palavras engraçadas e até compreensíveis), titio se levantava, pegava uma vela da mesa e afastava-se com passos vagarosos. Voltando cerca de cinco minutos depois, com a mesma calma soberba colocava a vela sobre a mesa, esfregava as mãos e, virando-se para um de nós, dizia: "*das is kalt*"[25]– expressão a que se limitava o seu conhecimento de línguas estrangeiras... Então ele entrava no salão com um ar de profundos pensamentos.

– Olá, Kiril Kirílitch! Olá, irmã!

– Olá, Semión – mamãe respondeu com frieza.

– Ora, irmã! Como eu chicoteei Fiódor hoje!

E titio estalou os lábios, levando os dedos sem unhas à boca...

– Milagre! Se isso não funcionar, eu realmente não sei!

Ele ficava sentado jogando cartas até as três da manhã e, ao amanhecer, perambulava soturno pela sala, murmurando para si mesmo: "Ah, que tolo, que tolo, eu deveria ter apostado dez", ou repreendia as pessoas da casa...

Certa vez, ao nos aproximarmos de casa, vimos o vovô, como sempre, com um capote de flanela de inúmeras golas e chapéu alto e quadrado com uma viseira que em termos de comprimento competia com seu

[25] Do alemão: está frio.

nariz. O vovô nas ruas e sem ser durante um feriado — esse fenômeno nos surpreendeu. Corremos até ele.

— Olá, vovô!

Ele andava depressa e falava sozinho; nossa saudação inesperada o assustou.

— Ah! Quem é que me chama? — gritou estremecendo, mas, ao nos ver, acrescentou: — Ah, vocês! Bem, olá!

— O senhor está indo nos visitar, vovô? — perguntei.

— Para onde mais eu iria? O meu próprio filho me pôs na rua... quase que me bate... e a sua avó também por pouco não acaba comigo... Oh, meu Deus! Não é à toa que se diz: para os nascidos sob o planeta Saturno, em termos de qualidades da alma — raiva e vida imprestável, amor à sujeira; em suma, possuem todas as qualidades imprestáveis da alma e do corpo.

E nosso avô tossiu.

— Vem, vovô! Estão nos olhando.

— Deixe-os olhar! Vou contar a toda a gente que o meu próprio filho me pôs na rua... Ugh! Que cansaço! Corri como um louco. Que bandido! E a velha ainda fica feliz por seu filho ter feito um escarcéu. Que filho o quê! É o anticristo!

E vovô sacudia a cabeça e abanava com as mãos feito um louco...

Chegamos em casa. Nosso avô desejava ver a mamãe com urgência. Ela já havia sido avisada sobre a briga entre pai e filho, cumprimentou vovô com muita frieza e perguntou sem rodeios:

— O que foi que vocês aprontaram dessa vez?

— Ah! — As lágrimas impediram vovô de continuar.

— Diga-me, pai, o que está acontecendo entre o senhor e Semión?

— O quê! O próprio filho quase bateu no pai — estes são os tempos que chegaram! Que bandido... e ainda açoitará seu filho até a morte!

— É bom que o faça!

Mamãe olhou para nós.

— Por Deus, não há o que fazer: o filho expulsa o pai, a esposa repreende o marido, a mãe celebra a tortura do filho!

Vovô tapou os ouvidos e, numa espécie de frenesi, começou a andar pela sala...

— Diga-me logo, o que devo fazer? O senhor discutiu com o seu filho?...

— Discuti? — E vovô estremeceu-se todo. — Não! Ele quase me bateu! Eu vou prestar queixa!

E desatou em lágrimas.

— Pare de dizer asneiras!

Mamãe queria ir-se embora, mas vovô a impediu, gritando:

— Espere aí! Ouça seu pai, aquele que te pôs no mundo!

Mamãe interrompeu-o:

— O que é que o senhor quer?

— Não posso viver com minha mulher, ela é uma gastona! Quando está endiabrada, é impossível lidar, ela só quer briga!...

— Onde o senhor quer viver?

— Em qualquer lugar, menos com minha esposa! Vivemos juntos por trinta anos: correu tudo bem! De repente, perde totalmente as estribeiras! Me pede dinheiro todos os dias, pragueja porque não lhe dou o suficiente, ameaça levar tudo o que juntei... Que dinheiro é que eu tenho? De onde? E tudo isso, vou lhe contar, é por causa do maldito vinho: a mulher é uma tola, bebe e enlouquece!

— Bem, eu sei, eu sei!... — mamãe interrompeu. — Está bem, vou lhe alugar um quarto, me pague trinta e cinco rublos por mês; e o almoço será no quarto das crianças... Se quiser, então fique.

E saiu sem esperar resposta.

Vovô hesitou: os trinta e cinco rublos o surpreenderam, mas o medo venceu a avareza.

— Prefiro dar o meu último rublo a morar com eles! — exclamou decidido e, só então percebendo que mamãe já havia ido embora, acrescentou desesperado: — Eis o que se tornou a minha vida: um filho que faz escândalo, uma esposa que me xinga, uma filha que não me quer ouvir. Meu Deus!

Para acalmar vovô, ofereceram-lhe uma vodquinha. Depois de beber, ele começou a falar com mais coerência.

— Hoje me levantei, vi minha esposa sibilando como uma cobra, bêbada pelo terceiro dia seguido! Meu filho entra, faço-lhe uma reverência e digo: "Acalme sua mãe, Semión, ela vai acabar comigo."

E ele, o bandido, segura um cachimbo entre os dentes e fica calado, como se não tivesse língua! Minha esposa grita, xinga e continua tentando me atacar. Eu cuspi e fui embora antes que cometesse um pecado... Todo mundo sabe que as mulheres são umas tolas: ela pode morrer, mas vai teimar no que quer, se afoga no rio, e ainda assim fará a tesoura com os dedos e insistirá que o cabelo foi cortado e não raspado.

Vovô sempre citava o famoso conto sobre o cabelo raspado ou cortado como exemplo da teimosia feminina.[26]

– Por que o senhor e o titio brigaram? – um de nós perguntou.

– Não deixam um velho sequer aquecer os ossos!... Ele se eriçou e começou a gritar para mim: "Não feche a chaminé cedo, vai fazer fumaça!" (Aqui vovô imitou a voz do filho). Eu respondi a ele: "Então, na sua opinião, devemos queimar lenha para nada? Para aquecer o ar...?" E ele pôs-se a berrar comigo enquanto minha esposa, a gastona, ficou à porta, cerrando os dentes e dizendo: "Isso mesmo, dá-lhe uma boa surra, Semión!" Bem, por Deus, ele teria me batido se eu não tivesse fugido de casa: pensei comigo mesmo, deixe que a lenha seja desperdiçada, fuja da desgraça o quanto antes. Então juntei meus trapos e dei o fora.

---

[26] Referência a um conto popular russo sobre uma esposa que sempre contrariava o marido. Quando ele dizia que queria o cabelo raspado, ela dizia que seria cortado. Até que um dia, discutindo perto de um rio, acabou por afogar-se devido a sua teimosia. Ao se afogar, sem poder falar, ainda levantou a mão e fez o sinal de tesoura com os dedos.

– Calma, vovô.

– Não, notei há muito tempo que eles me olham de um jeito estranho, que nem uns desalmados...

Por fim, cansamos de ouvir o vovô, aos poucos cada um foi para seu canto e ele ficou sozinho. Com os cotovelos apoiados na mesa e a cabeça nas mãos, cerrava os dentes, bebericava o ponche e de tempos em tempos repetia:

– Bandido! Expulsar o próprio pai... Moramos juntos por trinta anos... não é à toa que se diz...

E repetindo pela centésima vez aquilo que não era à toa que se dizia, ele virou o copo de uma só vez e deitou-se...

Devido à vida sedentária e reclusa, à doença e à velhice, vovô tornava-se a cada ano mais covarde e ingênuo. Em poucos dias, meu irmão Ivan passou a tomar conta dele: entendia-o tão bem que adivinhava seus desejos, e só as respostas do irmão satisfaziam o avô curioso. Ivan dormia no mesmo quarto que ele. Que deleite para o vovô! Colocando um gorro de lã branca, o velho estendia-se bem na cama, cobria-se com um cobertor de lã esfiapado, deixando de fora apenas seu rosto magro com o nariz comprido e ligeiramente torto, e começava a contar histórias intermináveis sobre como seu próprio filho queria expulsá-lo de casa, como tinha vivido trinta anos com a sua esposa gastona, como num dia azarado não se devia fazer nada... Meu irmão já tinha adormecido há muito, mas vovô continuava a falar e falar, enquanto a sua língua não se cansava... Pelas manhãs, quando acendiam o fogão, ele ficava especialmente ativo. Assim que o fogo cobria a lenha, armava-se com um longo atiçador, sentava-se contra o fogão e observava voluptuosamente as chamas que cresciam, ouvia o crepitar da lenha que ecoava o ranger de seus próprios dentes. A lenha chiava, assobiava e, por vezes, quando estalava, o velho soltava um grito, praguejava que estava úmida e questionava por que havia sido tão cara. O arranjo de lenha se desfazia, espalhando-se em desordem; vovô empurrava carinhosamente os pedaços queimados para as chamas, batia-lhes e se rejubilava quando voltavam a queimar. Por fim, quando a lenha tinha se transformado numa montanha ardente e o vovô num carvão cor-de-rosa, afastava as brasas para o lado, olhava em volta desconfiado para ver se estava sendo observado e, se não houvesse ninguém na sala, tampava depressa a saída para a chaminé e ficava em frente ao fogão para que ninguém percebesse... Seu desgosto por não permitirem que ele cuidasse dos fogões de toda a casa não tinha limites!

Aos domingos, quando os irmãos se reuniam, vovô nunca aguentava ficar até o fim do almoço. Nossa conversa incessante, que o impedia de falar, ele chamava de desobediência, e elogiava os velhos tempos, quando se falava por ordem de idade... Se disséssemos algo interessante um para o outro, vovô logo queria saber: como assim? Por quê? Como? Quem? No entanto, ele já não ouvia muito bem.

— Ahn? O quê? Eu não escuto! — E limpava o

ouvido com o dedo mindinho, depois levando-o à boca daquele que falava. – Hein? Quem?

– Mamãe não teve sorte nas cartas.

– Estou ouvindo, estou ouvindo... Veja como ela grita, como se a casa estivesse pegando fogo! É o quê? Mamãe tem bochechas fartas?

Vânia nos salvava num instante do acompanhante enfadonho; eis como: vovô, tendo lido no calendário de Bruce que entre 15 de fevereiro e 15 de março se deveria temer um atentado contra a própria vida, tinha muito medo da morte violenta. Nosso irmão contou-lhe que nas noites de luar se sentia tomado por uma espécie de frenesi – e então tudo o que queria era estrangular e cortar alguém. Vovô olhava o calendário: "É isso mesmo! 'O jovem nascido sob tal e tal planeta está sujeito a acessos de loucura, e a carne de boi lhe é muito nociva.'

E meu irmão estendeu de propósito o prato pela segunda vez:

– Titia, por favor, mais carne!

Vovô virou-se na cadeira, gemeu e disse:

– Meu Deus! Ele vai ficar louco! Ele vai ficar louco! Veja: os olhos já estão cheios de sangue!

Meu irmão fez: "brrr!", balançou a cabeça e arregalou os olhos para o vovô... O velho pulou da mesa horrorizado, balançando os braços e gritando:

– Está possuído! Está possuído!

À noite, por cerca de cinco horas seguidas, ele ficou provando à titia os malefícios da carne bovina, citando seu calendário; mas não conseguiu ficar zangado com meu irmão por muito tempo, imediatamente voltou a se submeter à sua influência e não acreditava em nada que não fosse confirmado por ele.

Se meu irmão quisesse pão de mel e biscoitos, ele ia até o vovô.

O velho deitava-se esparramado na cama, de quando em quando rangendo os dentes.

– Avô – dizia meu irmão.

– O que você tem, Vaniucha?

– Estou com dor de cabeça,

– Por que você gritou com a casa toda agora há pouco? Meus ouvidos ainda estão zumbindo!

– Ah, vovô! Uma pessoa tem que extravasar de um jeito ou de outro, olhe só para o céu: hoje é lua cheia... Tenho tanta fome de carne, e vou comer!

Mas vovô pulava depressa da cama, remexia nela e tirava um pão de mel escondido.

– Tome, mas pelo amor de Deus, não coma carne!

O neto satisfeito fugia, o velhote enfiava lentamente a cabeça no quarto das crianças e, certificando-se de que Ivan não estava ali, dizia à tia com ar de mistério:

– Dê alguns biscoitos para Vaniucha no chá!

Minha tia tentava argumentar com ele – em vão! Referia-se ao calendário, depois passava ao filho bandido, à mulher gastona, e concluía com o conto do homem de cabelo raspado e cortado...

Vovô ficava zangado por raramente ver o genro e a filha, mas não se atrevia a reclamar. Algumas vezes nosso pai vinha tomar café da manhã em nosso quarto, então vovô saía do cômodo, fazia uma reverência diante dele e dizia irônico:

— Enfim nos esbarramos! Parece que não nos vemos há duas semanas. Como está sua saúde?

— Está tudo bem, paizinho. E a saúde do senhor?

— A minha?... Vai péssima! — Vovô tossiu — A maldita tosse me sufoca.

— Bom, o senhor deveria dar um passeio, o tempo está agradável.

— Passeio? Agradeço humildemente, mas não.

— Por que não, paizinho?

— Veja, há cerca de seis meses saí para passear e voltei para casa quase morto: barulho, gritos, confusões! Se você quiser atravessar a rua, esses bandidos não deixam, eles só ficam vindo na sua direção, como se não vissem que a pessoa está tentando passar. E quando berram: "Olha por onde anda!", as pernas quase cedem de medo! Na calçada a multidão se acotovela. "Ora, você não está vendo? Grande coisa que você é! Saia do caminho!..." Vovô cuspiu para o lado e abanou com a mão. — Antes todos davam caminho uns aos outros, mas agora apenas avançam por cima de você, como se quisessem esmagá-lo!

— O senhor está antiquado, fica sempre enfurnado dentro de casa, por isso tem essa impressão.

— Não, desculpe, estes são os tempos de hoje. Foi dito que chegará o tempo em que um irmão será inimigo do outro — onde fica o mar, haverá terra —, cidades inteiras desaparecerão, e em seu lugar crescerão densas florestas, cheias de bestas ferozes...

— Será que esse tempo está próximo, paizinho? — meu pai perguntou, rindo.

— Pois ria-se! Pode rir de tudo, mas Vaniucha previu isso para mim outro dia... ele disse: "Não teremos sorte..." E assim aconteceu!... É tudo culpa da aurora boreal...

— Que aurora boreal?

— Veja só: estou sentado à noite, sem vela — e então vejo; a aurora boreal está no céu, toda reluzente... Fui chamar Vaniucha; apontei-lhe o céu: "Viu isso, Vaniucha?", "Vi, avô.", "Bem, teremos sorte ou azar?", "Teremos azar, avô." Então, o que você acha? Quebrei uma xícara! Não sei como, mas escapuliu das minhas mãos!

— Ah, mas eu vou açoitar esse seu profeta.

— Aí está! Eu sabia que não acreditariam em mim! Só querem açoitar e bater! Meu próprio filho é também um desalmado...

Vovô se zangou, repreendeu, ameaçou, lembrou do filho desalmado, da esposa gastona, e finalmente fugiu desesperado do quarto das crianças, gritando:

— Meu Deus, Meu Deus, que tempos são esses!...

Certa vez, para distraí-lo um pouco, meu pai trouxe-lhe uma revista velha qualquer:

— Aqui está, paizinho, leia, é melhor que o seu calendário...

Vovô sorriu com pesar, pegou o volume e levou um ano inteiro para ler, pois quando o perturbavam, já não conseguia descobrir onde havia parado e recomeçava da primeira página. Maravilhando-se com a inteligência do autor que, em sua opinião, tinha escrito sozinho aquele livro enorme, compartilhou sua surpresa com nosso criado Luká, que estava de pé com um enorme tabuleiro enquanto servia xícaras de chá. Vovô parecia achar humilhante confiar os segredos de sua família a um criado e, portanto, a conversa deles sempre girava em torno de literatura e política. Luká era um homem muito gentil, baixo, com uma careca lisa e um rosto enrugado que lembrava uma maçã murcha descongelada. Antes, tinha servido como ordenança, esteve na campanha turca e, contando aos meus irmãos sobre suas campanhas, sempre dizia: "Tomamos a fortaleza, vencemos os turcos." Vovô, com inveja daquele que era ouvido, tentava embaraçá-lo e perturbá-lo, confundia-o com perguntas sobre o calendário e ria com maldade de sua ignorância. Mas meus irmãos, para contrariar o vovô, obrigavam Luká a contar sobre seu antigo senhor e as campanhas.

— Então a gente partiu para a campanha, estamos avançando... o frio é de rachar... para uns, o nariz; para outros, as orelhas; e ainda outros, as pernas... Quando por fim encontramos abrigo num lugar aquecido, aí a gente percebeu: era tarde demais! Os médicos deram a sentença: vamos amputar!

Ao ouvir a palavra amputar, o rosto de vovô se transformou e ele interrompeu Luká o mais depressa possível:

— E os turcos são espertos, não é por acaso que sua Páscoa é na sexta-feira... e a dos judeus é no sábado.

— Sim, senhor, também vi mulheres judias.

E os olhos de Luká, que gostava de mulheres judias,

assumiram uma expressão mais terna.

— E como é, são belas?

— Não tem ninguém melhor que elas, apesar de não serem cristãs: olhos negros, negros! Nariz comprido, sobrancelhas bem negras e arqueadas!... Certa vez, meu senhor trouxe uma judia para casa: ela chorava, balbuciando naquela língua maldita, agitando os braços... você olhava e não entendia nada, então ela mostrou a língua para mim! Não se atreveu a provocar meu senhor, então provocava a mim, tão esquisita! Um judeu, o pai dela, chegou e se jogou aos pés do senhor, que era um sujeito bonito: olhos pretos, cabelos pretos, e uma força simplesmente diabólica; se ele te batesse, você ficava surdo por três dias, só ouvindo um chiado! Então — continuou Luká, aproximando-se da mesa para pegar os copos — ele começou a arrastar o judeu para lá e para cá e a dizer, todo brincalhão: "Tome, maldito judeu, aqui está sua filha!"

— Olha, você vai derrubar os copos! — gritou vovô.

— Não, senhor, não vou derrubar nada, não, durante as nossas campanhas a gente carregou os feridos nos ombros, e nunca deixamos ninguém cair!

— Chá! — veio a exclamação da mamãe, marcada por uma voz espantosamente sonora, que lhe substituíra a campainha. Todos se agitaram e o guerreiro envergonhado, em vez de um colega ferido, carregou a enorme bandeja para a sala.

Assim que saiu, vovô tentou convencer a mim e meus irmãos de que era tudo mentira, que Luká não sabia de nada, e quando ele regressou, perguntou-lhe com um sorriso sarcástico:

— Bem, você esteve em campanhas e tudo, mas sabe o que é Saturno?

— Bom, senhor, também já invadimos fortalezas.

— Ora, adivinhei certo! Saturno é um planeta, um planeta! Os nascidos sob sua influência são mesquinhos, astutos, insociáveis!

— Vovô, o senhor deve ter nascido sob influência de Saturno, não é?

— Espere, não interrompa!... Eles são pouco sociáveis, pouco amorosos, maliciosos, mas trabalhadores... Nestes anos, você deve notar as mudanças que acontecem: primavera fria, verão frio, com vento, mas julho é quente. O outono é frio, mas novembro é quente. O resto é úmido, as colheitas da primavera são escassas, há pouco vinho, mas é rentável comprá-lo. Relâmpagos e trovões são raros, e os peixes são escassos. Na primavera, os bebês sofrem de varíola, sarampo, tosse e...

— Já sabemos, sabemos disso tudo, vovô! É melhor deixar Luká contar sobre a judia!

Mas vovô continuou sem hesitar, tentando gritar mais alto que meus irmãos:

— Grandes mudanças num certo Estado; uma nova forma de governo numa certa república; uma batalha gloriosa, o grande soberano reinará; e tudo isso deve ser esperado em mil oitocentos e quarenta e um ou mil oitocentos e sessenta e nove, ou então em mil novecentos e vinte e cinco.

— Ah, vovô! A essa altura o senhor nem sequer estará mais no mundo... já terá apodrecido!

Vovô deu um pulo horrorizado, agarrou os cabelos e gritou:

— Ah, crianças! Não deixam os mais velhos dizerem uma palavra!

E os irmãos bateram os pés, uivaram como lobos, assobiaram e, por fim, ele fugiu para seu quarto, deixando Luká palestrar sozinho e acompanhar a fuga de seu rival com olhar triunfante.

— Bem, Luká, conte-nos agora sobre a judia.

— Pois bem, então fomos vivendo. Nossa judia chorava e chorava, e depois parou, só que ficou bem pálida, sabe. O senhor a deixava presa, os companheiros dele alertaram: "Solte essa mulher, repare só como são esses olhos dela", "Não, eu vou educá-la!", ele disse. Certa vez, ordenou a ela: "Beije minha mão", mas ela ficou olhando, como se não entendesse. Mas eu sabia por certo que ela compreendia nossa língua! O senhor estendeu a mão: "Beije!", ela abanou a cabeça. E ele, que descanse em paz, era temperamental; certa vez, um cavalo não obedeceu, então ele saltou do animal e golpeou o bicho com um sabre na barriga, até que o cavalo desabou no chão! E depois ele mesmo dizia que o amava demais, só que deu no que deu...

— Bem, e a judia?

— Ah! — e Luká suspirou com pesar — Ela não beijou, aquela tola. Qualquer um ficaria com raiva, então o senhor se levantou num salto e deu um tapa no rosto dela, que rolou, eu te juro, feito uma mosca, e depois ficou ali deitada... Esfregamos a mulher com isto, com aquilo e com aquilo outro, mas ela permaneceu ali deitada, só que, sabe, estremecendo. O senhor foi embora, mas me mandou ficar: então eu fiquei ali. E ela, o que você acha? Se levantou e se jogou aos meus pés, implorando por uma faca. Não, eu digo, não vou dar, não. Ela chorou e chorou, e depois me trouxe dinheiro, muito dinheiro; todo o dinheiro que o senhor tinha dado a ela. E tinha dado muita coisa! Eu disse a ela: estou com medo! Vocês mesmos sabem: se eu desse uma faca, era capaz de ela me esfaquear! Deitei na cama. Escutei a judia se remexendo e, veja só, lá estava ela pendurada ali e sacudindo as pernas. Eu simplesmente congelei, saí correndo aos berros: aqui, aqui! Eles vieram e desamarraram; ela mal conseguia respirar. O senhor apareceu pálido que nem a morte: "Chamem o médico, chamem o médico!" Eles a sangraram, nossa judia abriu os olhos e olhou em volta tão estranha... Desde então ficou muito quieta, até ficava alegre, bebia vinho com o senhor... Então eles beberam e beberam, de repente um dia cheguei em casa, a judia estava desaparecida, e o barão caído no chão coberto de sangue: a garganta cortada com uma navalha!...

Naquela noite não conseguimos pegar no sono por muito tempo e tivemos terríveis pesadelos.

VIII

A população do quarto das crianças aumentou de repente. Certa manhã, minha mãe voltou do funeral de um colega do marido, aos prantos, com a filha do falecido, uma menina de cerca de quatro anos. O falecido era viúvo; a filha perdeu com ele seu único apoio – nem mesmo parentes ela tinha. Discutiram muito sobre o que fazer com a órfã, mas ninguém se atrevia a levá-la. Então mamãe deu um passo à frente, pegou a menina da ama e, beijando-a, disse:

– Pobre órfã, vou substituir sua mãe!

Ela apertou a criança contra o coração e se pôs a chorar, a criança também começou a chorar, gritando:

– Ama, ama!

Os convidados se emocionaram, maravilhados com a generosidade de minha mãe, mas disseram-lhe:

– A senhora já tem os seus para cuidar – e ainda vai pegar a dos outros! – Ao que mamãe respondeu, com dignidade:

– Então, na sua opinião, a criança deveria ficar sem abrigo, nos braços de uma ama? Não, isso é desumano! – E se desfez em prantos, voltando a beijar a órfã, que agora se ocupava em examinar seus brincos e torcer com afinco sua orelha.

Minha mãe se zangou profundamente por ver a ama chorando ao se despedir da criança, e a proibiu de ir visitá-la... Meu pai, ao chegar em casa e perceber o ambiente mais cheio, disse à esposa:

– Para que inventar modas? Você já não tem crianças o suficiente, ou o quê?... – E então nunca mais se interessou pelo destino da órfã.

Depois de brincar bastante de boneca, à noite a criança ficou com sono, chamou pela ama, chorou e se irritou. Mamãe a levou até o quarto das crianças e ordenou que fosse colocada na cama. A multidão de rostos estranhos assustou ainda mais a menina, que gritou: "Quero ir para casa! Ama! Ama!", e seus gritos eram terríveis; era como se ela tivesse um pressentimento de seu destino e quisesse se livrar dele. Minha mãe, cansada dos gritos de sua protegida, veio ela mesma consolá-la, mas a órfã não desistia. Perdendo a paciência, a benfeitora ameaçou chicotear a órfã, saiu para jogar cartas e anunciou aos convidados que a criança chorava por ela, mostrando-se muito surpreendida pelo instinto das crianças, as quais basta acariciarmos uma única vez para que se amarrem a nós para sempre... Estávamos todos exaustos da garota. Seu nome era Liza. Ela ficou com febre. Não conseguia mais chorar ou gritar, apenas gemia. Por fim, meu irmão Ivan conseguiu consolá-la com várias histórias e promessas de que sua ama chegaria em breve. Liza agarrou-o com força com seus bracinhos, aninhou a cabeça que ardia em febre em seu pescoço e adormeceu...

A partir de então, meu irmão Ivan tornou-se sua segunda ama. Ela se refugiava sob sua proteção se o irmão mais novo a perseguisse com ameaças. Se ficava com fome, Ivan imediatamente sofria um ataque de fúria, e os biscoitos de vovô saciavam a fome de Liza. Os brinquedos dele ficaram em sua posse; e também lhe dava presentes; quando ela queria ver alguma coisa e outras pessoas atrapalhavam sua vista, ele a pegava no colo...

Vovô também caiu de amores por Liza. Ela o ouvia de bom grado e respondia de boa vontade às suas intermináveis perguntas: o que estava acontecendo no quarto das crianças, na cozinha? Onde e quantas velas estão acesas, como estão fechados os fogões?... Por sua vez, ele contou como seu próprio filho queria expulsá-lo de casa, que tipo de esposa tinha, e revelou-lhe que a donzela que nascesse entre 15 de junho e 15 de julho (época do nascimento de Liza) seria "de temperamento alegre, gorda, sofreria com a vergonha provinda de diversas calúnias, e teria sonhos estranhos quando casada..."

Em suma, com a chegada de Liza, a vida do vovô tornou-se animada, mais plena e mais rica.

Já a vida de Liza logo passou a ser igual à nossa. A princípio, nossa mãe a acolheu em seu quarto, mas a menina a incomodava com seus caprichos. Por fim, uma vez ela derramou por acidente uma caixa de fumos e em troca recebeu um golpe, tendo a oportunidade de se certificar de que a mão da benfeitora nem sempre era leve... A partir daí, a órfã se perdeu por completo entre nós, mamãe se esqueceu de sua existência. Ela não tinha travesseiro nem cobertor próprios; seu vestido se desgastou. Demos-lhe nossos próprios trapos e costuramos um avental com retalhos coloridos... a benfeitora não percebeu que era hora de cobrir o corpo à mostra da protegida. Lembraram-lhe e ela respondeu, com raiva:

— Não basta cuidar dos meus, ainda tenho que cuidar do que é dos outros! Ela dormia muito bem antes, por que de repente precisa de tudo isso?

Tia Aleksandra Semiónovna reformou suas camisas e vestidos velhos para a órfã, ainda defendendo nossa mãe. Depois de lhe implorar por um trapinho, ela garantiu que a própria mamãe havia pensado em entregá-lo a Liza. A protegida não podia ver sua benfeitora sem pavor. Ao ouvir seus passos — e mamãe andava tão pesado que seus passos lembravam os do comandante em *Don Juan*[27], a órfã, trêmula e pálida, escondia-se atrás das saias de nossos vestidos, atrás da cômoda, onde quer que pudesse, e na maioria das vezes fugia para o quarto do vovô, onde minha mãe nunca procurava... Ao ver a mamãe, a boneca caía-lhe das mãos, a comida parava em sua garganta, e a menina olhava para nós com tanta súplica, como se pedisse por proteção. Mas o medo era em vão: mamãe dava ordens à

[27] Referência à peça "O convidado de pedra" (1830), de Aleksandr Púchkin; em que uma estátua de pedra de um comandante assassinado por Don Juan ganha vida e o persegue.

titia, repreendia-nos e ia embora, sem sequer olhar para a criatura assustada que lhe devia tantas boas ações...

Em breve, a família começou a diminuir... Meu irmão Micha raramente voltava da casa do professor. Ele cresceu e ficou mais bonito; tinha cerca de dezesseis anos, mas aparentava ter dezoito. Estava alto e de ombros largos. Seu rosto era lívido e moreno, com olhos negros como carvão, cílios extraordinariamente grossos e longos e sobrancelhas de formato muito bonito. Seus cabelos, pretos e ondulados, sempre desgrenhados, conferiam-lhe um ar corajoso e severo. Seus dentes, sua boca – tudo nele era incrivelmente belo, exceto por uma coisa que repelia: tinha um perpétuo olhar sério, e até mesmo taciturno, e uma aspereza nos modos. Assemelhava-se ao papai, que parecia sentir por ele algo próximo de amor: castigava-o mais doído e conversava com ele com maior frequência. Certa vez, Micha estava fora há cerca de um mês e de repente apareceu sem fôlego, lívido e agitado. Ele anunciou à tia Aleksandra Semiónovna que havia fugido do professor, que queria puni-lo.

– Decidi partir para o Cáucaso – disse ele – e vim pedir permissão ao meu pai e à minha mãe.

Titia se pôs a chorar e implorar-lhe:

– Micha, o que está fazendo? Seu pai vai te açoitar, você precisa voltar atrás.

– Não, desculpe! Não tenho medo de ser açoitado e ainda assim irei para o Cáucaso!

E dirigiu-se direto à sala...

Mamãe estava cochilando no sofá, esperando por Kiril Kirílitch e outros convidados; a mesa de baralho já estava pronta. Ao ver o filho, ela deu um pulo e perguntou ameaçadora:

– Como? O que é que está fazendo aqui?

– Eu preciso... – respondeu meu irmão com a voz firme.

– O quê!... Como?... – Mamãe, toda majestosa, ergueu-se do sofá e quis aproximar-se, mas voltou a se sentar, porque ele se adiantou e foi até ela, que apesar de ultrajada com tamanha insolência, logo se recompôs e perguntou:

– O que você quer?

– Quero ir para o Cáucaso e vim pedir à senhora e ao meu pai que me deixem partir.

– Para o Cáucaso!... Ah, sim, vou te açoitar, seu fedelho...

– Mesmo que me matem, continuarei repetindo: quero ir para o Cáucaso! Vocês mesmos não me censuravam a todo momento por eu, o bastardo, ser um preguiçoso, por estar arruinando meus pais? Então agora vou livrá-los de despesas!

Mamãe não conseguia acreditar no que ouvia (pensava que tinha preparado muito bem os filhos para a obediência) e ficou tão perplexa que permaneceu em silêncio por um minuto inteiro... Por fim, disse com sarcasmo:

– Tudo bem!... Vá, que eu conto ao pai.

Mas meu irmão permaneceu no mesmo lugar, sem

se mexer. Espantada, ela gritou:

— Eu mandei: vá!

— Eu vou... não grite... só me deixe esperar até meu pai se levantar, se não a senhora pode dizer a ele sabe Deus o quê!

— Você enlouqueceu! Está bêbado! Vou mandar seu pai te expulsar de casa! — gritou mamãe.

— Eu vou embora, meus pés nunca mais... — meu irmão começou enfurecido, mas quando viu nosso pai pálido aparecendo na porta, ficou confuso e não terminou...

Ao notar o marido, mamãe se pôs a chorar, contou-lhe toda a história com vários acréscimos e, para finalizar, declarou que o filho havia sido rude com ela.

— Não fui rude com a senhora, mamãe — comentou meu irmão.

— Está ouvindo, Andrei?... Por certo ele está bêbado, esse desgraçado!

— Cale-se! — meu pai ordenou-lhe com raiva e sentou-se em uma cadeira à mesa de baralho... Olhando para ele, mamãe se calou e não tirou mais os olhos do marido, que cerrou os lábios de um jeito estranho...

— Por que você deixou a casa do professor? — perguntou severo ao filho.

Micha hesitou e não respondeu.

— Vamos, fale!

E nosso pai ficou ainda mais pálido.

— Quero ir para o Cáucaso — disse meu irmão timidamente.

Papai franziu as sobrancelhas e ficou em silêncio... Ele apertou o baralho lacrado que estava sobre a mesa, e as cartas, ao grunhirem lamentosas, soltaram-se em liberdade... Então perguntou com uma voz abafada:

— Você se sente mal com seu pai e sua mãe?

— Não, senhor... mas mamãe censura tudo...

— Você ouviu, Andrei? — mamãe começou lamuriosa.

— Você vai calar a boca?! — gritou meu pai e jogou longe com raiva as cartas amassadas, que se espalharam sobre a mesa e arquearam em sofreguidão, libertas de suas mãos. Mamãe, fitando-as com pena, ergueu os olhos para o teto e moveu os lábios, como se recitasse uma oração.

— Por quê? Você está com preguiça? — o pai perguntou ao filho.

— Não estou com preguiça, papai... só quero ir para o Cáucaso servir... Mamãe está sempre me repreendendo... nem sequer me dá botas...

— Hum! — disse meu pai, e seu rosto mudou. Mamãe não se atreveu a se mostrar ofendida com o comentário do filho e observava o marido em silêncio.

— Bem, e se eu não deixar você ir para o Cáucaso, mas te obrigar a estudar... hein?

Micha ficou em silêncio e olhando para baixo...

— Estou te perguntando! — disse o pai, e os sinais familiares de cólera começaram a despontar com mais nitidez em seu rosto: os olhos encheram-se de sangue e os lábios se azularam; tremendo todo, ergueu-se da cadeira... Seu olhar parecia queimar o filho, que respondeu em voz baixa sem firmeza:

– Não quero estudar, irei para o Cáucaso.

– Não quer? – perguntou o pai com tal voz que o filho empalideceu, mas, como se decidindo por um ato desesperado, finalmente encarou meu pai e disse com firmeza:

– Não!

Ficamos do lado de fora da porta e mal conseguíamos respirar; eu estava pronta para me jogar aos pés de meu irmão e implorar que ele dissesse "sim"... Mas não tinha forças para me mover: o rosto de nosso pai era tão apavorante... Mamãe ouvia a conversa deles com tensa concentração e, quando meu irmão desafiou meu pai de uma forma tão imprudente, ela exclamou, sem que pudesse se controlar:

– Ah!

Meu irmão, que até então estava de cabeça baixa, naquele momento endireitou-se orgulhoso e fitou fixamente o rosto pálido e sombrio de meu pai, como se quisesse decifrar nele seu destino... O silêncio avassalador durou vários minutos. Meu pai foi o primeiro a interrompê-lo, levantando-se da cadeira e dizendo ao filho:

– Vamos ao meu escritório, conversamos lá.

E meu irmão o seguiu com firmeza.

Recuamos da porta horrorizados. Tia Aleksandra Semiónovna chorava copiosamente pelo sobrinho, a quem amava muito e mimava mais do que todos. Meu pai trancou o escritório por dentro: como saber o que diziam lá? Corri até meu avô, cujo quarto ficava ao lado do escritório; talvez fosse mais fácil ouvir de lá. Entrando no aposento de meu avô, encontrei-o ajoelhado no canto. Pálido e trêmulo, ele estendia as mãos para o ícone, depois tapava os ouvidos e sussurrava, sem fôlego: "Senhor... Senhor!... ele vai matá-lo... seu próprio filho... Senhor, não permita..."

E vovô caiu de costas... A princípio, não consegui entender o que havia acontecido com ele, mas de repente o som familiar de um golpe de chicote atingiu meus ouvidos... Os golpes seguiram lentamente um após o outro com assobios e zunidos, cada um deles acompanhado por uma breve pergunta de meu pai — mas não havia nenhuma outra voz, não se ouvia uma palavra, nenhum som em resposta, apenas um silêncio profundo atrás da parede, como se os golpes e as perguntas não se dirigissem a um ser vivo... Comecei a pensar que meu pai estava a sós no escritório e falando sozinho... Mas, de repente, ouvi um gemido fraco e agonizante... e logo os gemidos começaram a repetir-se mais claramente após cada golpe; não havia dúvidas de que era o meu irmão quem gemia...! Olhei com horror para meu avô, que já havia perdido a capacidade de falar e só apontava para a porta do escritório... Corri para tia Aleksandra Semiónovna e com lágrimas contei-lhe tudo; ela correu até o escritório, mas encontrou meu irmão na porta... Pálido e retorcido, ele tremia como se estivesse com febre, seu rosto estava inchado e se contorcia em convulsões, uma respiração entrecortada e pesada saía-lhe do peito com dificuldade... Ficamos todos em silêncio, sem nos atrevermos a interrogá-lo; ele pegou o chapéu, olhou para nós com ar zombeteiro, e disse: "Adeus, estou indo para o Cáucaso" e saiu... Tia Aleksandra Semiónovna correu atrás dele, mas já havia desaparecido...

Daquele dia em diante, ele quase não viveu em casa. Titia ficou de cama e meu pai, convencido de que seria difícil vencer a obstinação do filho, concordou com sua partida... Meu irmão apressou-se em vestir o capote de *junker*[28] e, resoluto, não falava sobre mais nada que não fosse o Cáucaso. Papai passou a visitar nosso quarto e conversava o tempo todo com ele sobre o Cáucaso e sobre tiro, habilidade em que meu irmão havia alcançado a perfeição. Mamãe ficou muito aborrecida e zangada com papai porque, com sua fraqueza, teria encorajado os filhos à desobediência. Um coronel conhecido de meu pai estava viajando para o Cáucaso e se comprometeu a levar meu irmão para lá.

Finalmente chegou o dia da partida. Já pela manhã começaram a correria e as lágrimas: chorei, mas em segredo invejei meu irmão por estar saindo da casa de nossos pais. Chegou a hora da despedida. A mãe exigiu a presença do filho e ficou muito tempo a sós com ele; que ao voltar para o quarto das crianças, foi interrogado por nós sobre o que haviam conversado. Ele respondeu:

– Agora ela mudou de conversa, mas é tarde demais.

[28] No império russo, *junkers* eram os estudantes das escolas militares.

Vovô caminhava melancólico pelo quarto das crianças e não parava de resmungar sobre como poderia "tal obra de arte" ser enviada para o Cáucaso: lá algum impiedoso circassiano[29] o mataria ou mutilaria... Meu pai também estava muito sombrio e não parava de conversar com o coronel; estava se despedindo deles e os apressava para que dessem adeus o mais rápido possível. Por fim, os cavalos chegaram. Todos amontoaram-se na sala, e nossa tia doente foi quase carregada até lá pelos braços; depois, colocaram-na no sofá. Mamãe começou a dar ordens: mandou que todos se sentassem. Sentamo-nos. Instaurou-se um silêncio pesado. Ela se levantou e todos se levantaram a seguir; muito teatralmente, pegou o ícone, abençoou o filho com ele, beijou com lágrimas sua testa e disse carregada de tragicidade:

— Deus esteja contigo! Que minha bênção materna te acompanhe por toda parte!... — Então, voltando-se para o coronel, pediu-lhe que olhasse por seu filho e contou-lhe como era doloroso para o coração de uma mãe deixar sua prole partir para tão longe... Meu pai a interrompeu aborrecido... Ele não se despediu do filho, mas continuou a apressar os outros, repetindo: "Depressa, está na hora..." Vovô, suspirando, beijou o neto e, em silêncio, colocou uma nota branca em sua mão, sussurrando entre lágrimas:

— Tome, Micha, para o tabaco!...

---

[29] "Circassiano" é um termo pejorativo usado para se referir a povos autóctones do Norte do Cáucaso, que foram colonizados pelo Império Russo.

— Adeus, vovô, agradeço ao senhor...

Meu irmão empalideceu quando se voltou para a tia Aleksandra Semiónovna, que estava doente. Ela estremeceu e gemeu. Micha quis encerrar a despedida logo, mas ela agarrou o querido sobrinho com os braços trêmulos e, beijando-o, disse com voz dilacerante:

— Micha... cuide-se... não se esqueça de nós...

Ainda mais pálido, meu pai disse com raiva:

— Vamos, Sacha, já é hora.

Soluçando, a tia soltou de seus braços o sobrinho choroso, que começou a se despedir de nós... "Adeus, Fiédia... adeus, Sônia... adeus, Tânia...", e beijos misturados aos sons irregulares de soluços reprimidos ouviram-se no corredor... "Adeus, Micha...", e pressionei meus lábios com força nas bochechas pálidas do meu irmão... "Adeus, Natacha..." Soluçando, levantei da cama, tirei do bolso do avental um estojo de tabaco que eu havia costurado com retalhos e entreguei a ele, que disse: "Obrigado, agora terei dois — adeus, adeus, adeus..." O "adeus" ecoou em meus ouvidos durante muito tempo, e uma melancolia tão forte apossou-se de mim que tive vontade de quebrar a cabeça contra a parede. Acompanhamos meu irmão até a carruagem... Eles começaram a se acomodar, e então me lembrei da tia doente, que havia ficado sozinha na sala — suas forças não permitiam que ela descesse as escadas... corri até ela, que olhava melancólica para a porta, mas se animou ao me avistar e perguntou assustada:

— Já se foi?

— Ainda não.

E levei a doente até a janela.

— Será em breve? — ela perguntou, com a respiração pesada e fraca.

— Eles estão indo agora. Oh! Ali está ele!

A carruagem saiu pelo portão e passou depressa embaixo das janelas.

Fiz uma reverência, acenei para meu irmão... Ele nos viu e acenou para nós também... Titia testemunhava tudo sem conseguir se mover, e quando a carruagem desapareceu, ela cambaleou e desabou na cadeira; seus lábios estavam pálidos, seus olhos reviraram e ela desfaleceu...

IX

Mamãe deve ter ficado muito abatida com a partida do filho; lembrava-se dele todas as vezes em que repreendia meus irmãos: "Experimentem só pedir para ir ao Cáucaso, e eu cuidarei disso sem o pai de vocês!..." Titio disse a ela que era hora de enviar Fiódor para estudar em alguma instituição pública.

– Ora, por Deus – exclamou com raiva –, mal acabo de mandar um, e já tenho que pensar em outro! É melhor despachar todos para o Cáucaso de uma vez!...

Meu irmão Fiódor sobreviveu ao nosso tio, tão viciado em cartas que vinha jogar conosco todos os dias, e pela manhã jogava paciência; se tivesse sucesso, esfregava as mãos presunçosamente e andava pela sala com ar pensativo e profundo, mas se não, ele ia para a cama – e o dia acabava aí!

Vovó deixou o neto partir aos prantos. Mas Fiédia ficou feliz por finalmente ter se livrado do tio, cuja presença por muito tempo continuou anuviando seu semblante.

Vovó estava tão acostumada a brigar com o vovô

que ficou entediada com sua nova vida e, por tristeza, dobrou a dose de vinho.

— Que vida eu tenho! — ela nos dizia. — Não tem ninguém para trocar uma palavrinha. Quando Fiédia ainda estava lá, era bom! E agora? Semión dorme como um morto e eu sou esquecida sozinha. Acredite, não consigo nem comer nada: antes Piótr Akímitch praguejava, mas pelo menos era uma pessoa viva, dava pra jogar conversa fora. Não é brincadeira, vivemos juntos por tantos anos!

E tomava chá para se distrair das lágrimas.

Para consolá-la, comentamos sobre o estilo de vida do vovô e suas diversas esquisitices.

— Como é, Vânia, ele está dormindo? — ela perguntou ao neto.

— Não, senhora, ele está deitado à toa. Quer vê-lo, vovó? Vou lá e deixo a porta entreaberta...

— Está bem, vá em frente.

Pela fresta, vovó espiou o marido, que, rangendo os dentes, jazia imóvel na cama, como se estivesse em um caixão... Ela entristeceu-se ao descobrir que ele havia perdido muito peso, embora isso parecesse impossível, uma vez que sempre fora só pele e osso. Vânia alegrou vovô informando ao velho que sua esposa gastona estava ali. Ele deu um pulo, também espreitou pela porta e sussurrou:

— Olha só como está toda enfeitada! Olha, Vaniucha! Ela não está nada mal, e era ainda melhor quando jovem!

— Avô! — disse o neto.

— O quê?

— O senhor conhece o senador que mora embaixo de nós?

— Eu o vi... O que tem?

— Pois então, uma vez ele me encontrou na escada e começou a fazer perguntas sobre a vovó: "É uma pena que ela tenha marido, se não me casaria com ela agora mesmo..." Mas considerando o cargo dele é capaz de mexer os pauzinhos e fazer vocês se divorciarem...

— Onde é que ele a viu? — perguntou vovô, alarmado.

— Como assim, onde? Eles se encontram no portão, ele sempre a deixa passar e faz uma reverência...

— Que casar o quê! Mesmo que não vivamos juntos, não vou me separar dela!

Ele se inflamou e bateu com o punho na mesa.

— Para falar a verdade, já faz muito tempo que penso: não deve ser à toa que ela anda por aí toda arrumada! Não é à toa que dizem: "por fora, parece espiritual, mas no fundo é cruelmente infectada pela paixão carnal."

Dentro de um minuto ele apareceu no quarto das crianças com uma vela apagada, como se viesse buscar o fogo: aproximando-se da mesa de chá onde vovó estava sentada, fingiu surpresa e disse:

— Ah, eu nem sabia que a senhora estava aqui! Saudações, Nastássia Kirílovna...

Então ele, zombeteiro, se curvou até o chão diante da esposa.

Ela levantou-se da cadeira com seriedade e respondeu-lhe com a mesma reverência, dizendo:

— Saudações, Piótr Akímitch!

— Como está a saúde?

— Graças a Deus vai bem, Piótr Akímitch, e a sua?

— Que saúde?... Meu próprio filho me pôs na rua...

E então obrigou a esposa a ouvir uma longa história na qual ela mesma desempenhava um papel de destaque.

— Chega disso, Piótr Akímitch! Que vergonha ficar falando sobre as coisas do passado!

— A senhora acha que deveríamos esquecer tudo? Eu vejo tudo, mesmo morando separados... a senhora não vai me enganar!

Ele ameaçou com o dedo apontado para a esposa.

— Não me importa que ele seja senador, cuspo-lhe em cima! — E cuspiu...

— O que é? Que senador?

— Não me diga que a senhora não sabe. Não, nem sonhe! Não quero! Que divórcio o quê! Vivemos juntos por trinta anos, e se não fosse por um filho bandido...

E vovô, embaraçado com a dolorosa recordação, agarrou os cabelos e com um berro selvagem correu para seu quarto, de onde por muito tempo praguejou contra o senador que havia se atrevido a se apaixonar por sua esposa...

Às vezes ele convidava vovó aos seus aposentos. Traziam-lhes chá, e as xícaras demoravam a esvaziar, porque o vovô zelava em completá-las com rum. Os rostos do casal assumiam uma expressão aprazível, e a conversa consistia em compartilhar os sofrimentos mútuos. Mas vovô não podia prescindir de referências ao calendário, algo que vovó não suportava: começava uma briga, e ela, chamando o marido de resmungão e avarento, saía correndo enquanto ele a perseguia aos gritos:

— Eu vejo tudo! Pare de inventar mentiras... Mulher tola!... Uma gastona!...

Apressávamo-nos em separá-los.

Vovô, durante duas semanas, não parava de falar um minuto, recontando a todos a última briga e os convidando a serem seus juízes...

O verão chegou. Mamãe decidiu alugar uma *datcha*[30] apenas por causa de nossa tia doente... Era provável que fosse ideia dos médicos, que também aconselharam Kiril Kirílitch a respirar os ares do campo e tomar banhos de mar. Nós ficaríamos na cidade sob a supervisão de Stepanida Petrovna. Papai, ocupado demais com o serviço e com a sinuca, praticamente não morava em casa e muito raramente visitava a *datcha*. Ele não ficou nem um pouco surpreso com a terna atenção da mamãe para com Kiril Kirílitch: ela conseguira convencê-lo de que nesse caso, como em qualquer outro, estava pensando no bem das crianças...

— Você acha, Andrei — disse ela —, que é fácil para mim suportar os caprichos de Kiril Kirílitch? Eu aguento tudo pelas crianças, e que gratidão posso esperar?

Suspirando, ela continuou:

[30] *Datchas* são casas de campo tradicionais da Rússia, usadas geralmente no verão e na primavera.

— Às vezes, de repente, precisamos de quatrocentos rublos para bancar Piótr ou Fiódor, vou direto até Kiril e ele nos empresta; é claro que o pagaremos mais tarde; mas ainda assim há uma pessoa a quem podemos recorrer em caso de necessidade...

— Sério, não entendo, Macha[31], ao que me parece, recebemos regularmente meu salário de mais de mil rublos por mês, e ainda por cima temos o lucro de minhas aulas...

— Bom, fica claro que você não sabe quanto custa mantê-los! Somente com suas filhas são gastos...

E ela descarrilou perante o marido uma cadeia interminável de despesas com vestuário, sapatos e educação de suas crianças...

— Além disso, estou pensando no futuro — ela continuou em tom misterioso. — Sabe, ele tem dinheiro, não gosta da própria madrasta, quem vai ficar com esse dinheiro todo depois de sua morte? Não há uma alma viva de parente, mas nós, graças a Deus, o conhecemos há dez anos. Ele está tão magro e doente... o próprio médico me disse que não viveria muito...

Meu pai nunca respondeu ao raciocínio da esposa e, se concordava ou não, só ele sabia; mas mamãe sempre interpretou seu silêncio como um sinal de consentimento e agiu de acordo com seu próprio critério...

Nas férias, meus irmãos se reuniram todos em casa, mas quase não ficavam lá, por mais que Stepanida Petrovna ameaçasse reclamar com meu pai, por mais

[31] Apelido de Maria.

que eu implorasse. Diziam sempre a mesma coisa: "O que é que vamos fazer em casa? Vamos sufocar com esse calor!" Em segredo, eu mesma concordava com eles e, se pudesse, fugiria alegremente para algum lugar no jardim – respiraria o ar puro, admiraria a vegetação e depois deixaria que me punissem: pode-se suportar qualquer castigo depois de tanto deleite!

Minhas irmãs suportavam o calor e o abafamento com mais paciência do que eu. É verdade que a mais velha tinha outras preocupações: Iákov Mikháilitch continuava a cortejá-la. Ele gozava da amizade de Kiril Kirílitch e, portanto, de nossa mãe, que o tratava com condescendência. Ele cuidava dos negócios dela, escrevia cartas e documentos. Kiril Kirílitch também o bajulava, não sem segundas intenções: não era tão estranho que ele nos visitasse todos os dias, já que Yakov Mikhailovich também aparecia por aqui. Desde que mamãe fora para a *datcha*, ele havia quase fixado residência no quarto das crianças...

Para nossa infelicidade, Kiril Kirílitch entediou-se sem os convidados habituais com quem estava acostumado a conviver em nossa casa, e logo mamãe voltou da *datcha*...

Certa manhã no verão seguinte, para nossa indescritível surpresa, ao repreender-nos, mamãe mandou que nos vestíssemos – para ir à *datcha*!... Trouxeram a carruagem e começamos a nos amontoar nela: eu, Stepanida Petrovna, minhas duas irmãs, meu irmão mais novo, Ivan (os outros irmãos ainda não haviam sido dispensados para as férias), tia Aleksandra Semiónovna e uma quantidade igual de trouxas. Eu mal conseguia respirar por causa do espaço apertado e da alegria de ver o campo e o mar... Por sorte, me empurraram para a janela. A relva mirrada do campo pareceu-me incrivelmente exuberante, e o horizonte azul e infinito me encantou tanto que quase pulei da janela, engolindo avidamente o ar que ainda não era totalmente puro, mas que me parecia todo perfumado.

— O que foi, você não sabe ficar quieta?... Olha, está amassando a trouxa! — mamãe gritou...

Espremendo-me assustada entre as trouxas e minhas irmãs, eu não conseguia mais mover nem o braço e nem a perna, mas meus olhos corriam ávidos e vivazes. Ao ver a chicória dourada e densa cobrindo o campo, gritei sem que pudesse controlar:

— Ah, tantas flores! Olha, Kátia!...

Mamãe perguntou zangada:

— O que foi agora?

Não me atrevi a convidá-la para participar de minha alegria e me calei.

— Estou te perguntando, o que é que há? — ela repetiu.

— Flores — respondi timidamente, acenando para o campo com a cabeça, porque minhas mãos pareciam amarradas.

Mamãe olhou displicente para o campo e disse:

— Que tola, por que motivo essa felicidade toda...

À medida que nos afastamos da cidade, as paisagens

ficavam ainda mais belas... Sem me atrever a falar, acotovelei minha irmã Kátia e mostrei a ela com meus olhos os objetos causadores de meu espanto e deleite, que se intercalavam sem cessar...

Eu estava olhando para a estrada com tanta atenção que minha cabeça começou a girar.

– Ah, Kátia! Não parece que estamos indo de frente para trás? – perguntei à minha irmã, com medo.

– O quê? Você não viu que agora mesmo ultrapassamos a carroça?

Eu me recompus e esperei impaciente para ver a *datcha*. Imaginei que seria cercada de bosque, com o mar bem nas janelas, e muitas flores e frutos silvestres na floresta... Passamos pelo portão e mamãe disse:

– Graças a Deus, estamos quase chegando.

Fiquei muito surpresa ao ver casas iguais às de São Petersburgo, só que menores; ocasionalmente havia árvores. Dirigimos até uma casa baixa de dois andares com uma pequena lojinha abaixo. Pensei que mamãe queria comprar alguma coisa quando ela gritou para o cocheiro: "Pare! Pare! Vá até a loja!..." Mas quando ela acrescentou: "Vamos, saiam!", eu olhei à minha volta e não pude acreditar no que ouvi... Todos tentamos nos movimentar ao mesmo tempo, mas nossos esforços não foram logo coroados de sucesso: algo amorfo, indivisível, com inúmeros olhos, narizes e orelhas se formou a partir de nós... "Isso aí? Então é isso que chamam de *datcha*!", disse desesperada, examinando a casa miserável e o quintal sujo, atravancado de tábuas, troncos e lixo, por conta das obras. Por pouco não chorei... Subindo as escadas da entrada fiquei ainda mais surpresa ao ver apenas dois cômodos, uma pequena cozinha onde mal dava para se virar, e outro cômodo, completamente escuro – e era tudo!... Então teríamos que ficar todos com a mamãe? Um arrepio percorreu meu corpo...

– Tia, vamos mesmo dormir com a mamãe?

– Não, vamos dormir no quarto escuro, e aqui só tomaremos chá e almoçaremos.

– Como! Vamos almoçar junto com ela?...

Com aborrecimento e horror, me pus a repreender minha tia por ter elogiado uma *datcha* tão repulsiva... Ela se zangou e me aconselhou a calar a boca: a divisória era de madeira, minha mãe poderia ouvir!...

Irritada e triste, juntei-me com relutância às minhas irmãs, que lavavam copos e xícaras, por falta de empregados: levamos para a *datcha* apenas uma cozinheira, contratada especialmente para isso. Não sei como, mas um copo escorregou das minhas mãos e se estilhaçou num estrondo. Em um segundo, minha mãe surgiu em minha frente – sua mão punitiva pôs-se em movimento, e cada golpe vinha acompanhado pelas palavras:

– Você foi, você é e sempre será uma tola...

Esta ofensa agora me parecia mais pesada do que nunca; senti-me profundamente humilhada e por pouco não revelei minha indignação diante de minha mãe... Desesperada, corri para o celeiro, chorei, olhei pela janela... alguma excitação ao longe me surpreendeu e divertiu; eu espiei e então avistei uma extensão infinita de água que se fundia inteiramente com o céu. Abri a janela, e o mar se mostrou ainda mais nítido. Esquecendo minha dor, olhei para a névoa que voava sobre as ondas, para os pássaros cintilando como pontos pretos no nevoeiro, para os pequenos barcos que ora desapareciam por completo, ora ressurgiam... Eu queria muito ver o mar mais de perto, corri para o quintal, à procura de uma saída para o mar... não havia! O comerciante que chamava suas galinhas me explicou que primeiro eu precisava passar pela cidade, depois sair para a estrada, descer a montanha – e lá estaria o mar, mas daqui era muito longe... Convenci minhas irmãs e Stepanida Petrovna a virem comigo, e partimos para ver o mar... Eu ia à frente como guia... Depois de passar pelas *datchas*, avistamos uma floresta de um lado da estrada e corremos em direção a ela: não havia flores, nem frutos, apenas areia e árvores nuas! Do outro lado uma montanha íngreme; sem pensar, subi correndo, deixando minhas irmãs lá embaixo; estando pouco habituada a tais façanhas, fiquei sem fôlego, mas não percebia o cansaço, fascinada com a imagem que se abria diante de meus olhos. O sol brincava nas ondas escuras, que rolavam lentamente em sequência... Velas brancas voavam como pássaros gigantescos, os barcos seguiam um após o outro, deixando atrás de si uma cauda ondulante e luminosa, na qual os raios de sol refratados e repartidos cintilavam e reluziam ainda mais... Sentada no topo da montanha, fitei o mar durante muito tempo, e o movimento contínuo das ondas me entristeceu. Lembrei-me de meu irmão Micha: talvez agora, pensei, ele esteja correndo pelas montanhas e se escondendo dos circassianos... Olhei em volta, senti medo por estar sozinha; desci a montanha correndo, gritando para minhas irmãs. Felizmente elas estavam sentadas não muito longe... Disse-lhes que o mar era visível da montanha, e que de lá a floresta era melhor do que de baixo. Voltamos a subir a montanha. Mais uma vez, olhando de relance para o mar, tomei coragem de fugir para a floresta, mas continuei chamando minhas irmãs a todo minuto... Voltei para casa com um tufo de flores. Não fomos recebidas com muito carinho.

— Onde foi que vocês se enfiaram?

— Na floresta.

— Na floresta? Sem me perguntar!... E você, Stepanida, também vai junto, como se fosse uma mocinha!

Stepanida Petrovna perdoaria tudo à irmã, exceto as alusões à sua idade avançada: uma briga estourou...

Na manhã seguinte, depois de nos repreender durante o chá, mamãe ordenou que fôssemos tomar banho de mar com ela. Fui incumbida de levar a caneca e a esponja, minha irmã Kátia, o lençol, e Sônia, a camisa. Se tivéssemos atado tudo numa só trouxa, haveria uma briga para decidirmos quem deveria carregar, então titia mandou que fosse assim...

Caminhando pelas ruas, queimávamos de vergonha:

com uma estranha curiosidade, diferentes cabeças nos espreitavam das janelas de suas *datchas*, e ouvíamos seus comentários: "As filhas dela... é mesmo? Elas estão tão malvestidas... Não dá para entender..."

— Você ouve o que dizem sobre nós? — sussurrei para minha irmã, acotovelando-a — Como é que vamos voltar aqui?

Mamãe, sem desconfiar de nada, seguia em frente com soberba, acompanhada pelas filhas, que não se atreviam a caminhar a seu lado: tão majestosa ela era! Em estrito silêncio, chegamos ao local onde íamos nos banhar, e onde, aliás, exceto por nossa intrépida mãe, nenhum dos habitantes das *datchas* tomava banho: a estrada não estava longe e, embora nós segurássemos o lençol esticando os braços para cima e nos equilibrando na ponta dos pés, quando mamãe se despiu, bom... Depois de soltar os cabelos, ela mergulhou artisticamente nas ondas do mar. Ao observá-la, disse às minhas irmãs que éramos ninfas, e ela, uma deusa, e que seria bom nos transformarmos em peixinhos e nadarmos para longe dela, para o fundo no mar... Mas aí estava o problema: afinal, era provável que ela se transformasse em um lúcio[32], nos alcançasse e nos engolisse de vez. Estávamos brincando na praia e mamãe mergulhando... Uma vez, depois de mergulhar, ela demorou muito para aparecer: fiquei com tanto medo que quase me joguei na água e exclamei sem pensar:

---

[32] Peixe comum nas águas doces europeias, com boca avantajada e dentes agudos recurvados para trás.

– Mamãe!

Naquele momento ela colocou a cabeça para fora da água; meu grito agudo chegou aos seus ouvidos e ela berrou:

– Por que você está gritando?...

Fiquei ainda mais assustada com sua aparição súbita e voz ameaçadora. Minhas irmãs riram-se de mim, e minha mãe, levantando espuma em toda sua volta, nadou em minha direção como um monstro marinho, e quando emergiu, pulei para trás em pânico... Ela repetiu a pergunta:

– Por que você estava se esgoelando?...

Perdi decisivamente a fala, e minha mãe, com a palma da mão coberta pela água do mar, tocou minha bochecha pálida e, à beira-mar, ouviu-se talvez o golpe mais sonoro de todos desde a criação do mundo, repetido pelo eco algumas vezes, como se em regozijo de um novo som.

A procissão de retorno ocorreu na mesma ordem, e os mesmos comentários vindos das janelas nos perseguiam.

No dia seguinte, comecei a mancar e por isso talvez tenha me livrado das novas carícias de minha mãe. Minhas irmãs ficaram bravas comigo e zangadas por não terem inventado uma desculpa antes para não irem se banhar... Às vezes, ao anoitecer, minha mãe nos levava para passear no jardim, onde tocava música. Lá, eu ficava inteiramente perdida, sabe Deus por que razão esbarrava em quase todas as pessoas que encontrava; com pressa de nos recuperarmos e seguirmos caminhos separados, cambaleávamos com fervor de um lado para o outro, até que a voz ameaçadora de minha mãe me transformasse numa estátua. Então o senhor cansado pedia-me desculpas, e minha mãe reclamava para toda a rua ouvir que tinha uma filha tão burra: ela apronta para todo lado aonde vai! Ao ver as damas requintadas, olhei para mim e para minhas irmãs: estávamos sempre vestidas da mesma maneira, provavelmente para não incitar a inveja entre nós, e também havia um benefício nisso: de três vestidos surrados, podia-se sempre fazer um novo... Estávamos sem luvas, com sapatos mirrados da pior qualidade; em geral, o nosso traje coroava a nossa desgraça, chamando a atenção do público para nós: chapéus coloridos iguais, casacos de lã de algodão iguais, quando todos usavam vestidos e o calor era insuportável...

Felizmente, a própria mamãe não gostava muito desses passeios. Na maioria das vezes, por causa do calor, nos enfiávamos no quarto escuro e ficávamos lá plantados de manhã até à noite... Porém, mesmo ali tivemos momentos alegres, e demos muitas gargalhadas...

Certa vez, minha mãe passou três dias preocupada com algum tipo de patê e, antes do jantar, ordenou secretamente que não tocássemos nele, mesmo que nos fosse oferecido. O patê foi servido. Levantando-se solenemente e cortando um pedaço com a habilidade de um cirurgião, ela entregou o prato a Kiril Kirílitch. Ele se distinguia por sua polidez e às vezes, para desgosto de minha mãe, até trocava lisonjas com as tias, entre elas Stepanida Petrovna, que o havia atraído para seu lado com bajulação. Pegando o prato, ele me ofereceu o patê muito habilmente. Eu recusei.

– Bem, então encarregue-se de passar a Stepanida Petrovna.

O prato iniciou sua jornada ao redor da mesa. Quando passou pelo nariz de meu irmão Ivan, este inalou o cheiro com entusiasmo e disse em voz alta, balançando a cabeça:

– Não posso... não gosto, até o cheiro me enoja...

Mamãe observou o viajante com amargor e, quando o prato voltou em segurança para sua terra natal, ofereceu-o novamente a Kiril Kirílitch, que recusou com firmeza, queixando-se de que naquele dia não estava sentindo-se muito bem...

– Bem, agora podem comer! – mamãe gritou, empurrando com raiva o prato para o meio da mesa...

O efeito foi assombroso. Ela recobrou o juízo, mas era tarde demais: Kiril Kirílitch se emburrou. Logo após o jantar, disse:

– Adeus, Maria Petrovna.

– Aonde vai? E o café?

– Estou com sono – ele respondeu seco.

– Como queira.

Stepanida Petrovna e suas irmãs esperavam por ele no corredor para detê-lo, com o objetivo de irritar a mamãe. Fiquei na sala de jantar observando a impressão que a conversa e as risadas causariam nela.

— Quem está aí? — ela me perguntou.

Eu respondi:

— Não sei, senhora!

— Vá lá ver e diga a minhas irmãzinhas para pararem de tagarelar!

Eu transmiti a ordem palavra por palavra, na esperança de enraivecer ainda mais Kiril Kirílitch. E, de fato, ele começou a rir e a falar ainda mais alto. Mamãe se inquietava; as conversas e as risadas a atormentavam. Por fim, ela caminhou em direção à porta com passos tão pesados que a casa de madeira se pôs a tremer. Abrindo a porta ruidosamente, ela gritou ensandecida:

— O que é essa falação toda? Ah, o senhor ainda está aqui! — acrescentou ela com humildade, fingindo surpresa. Então virou-se para Stepanida Petrovna: — Você bem que poderia acalmá-los... mas estão igual carne e unha... Façam o favor de se retirarem para o quarto!

Assim se passaram duas semanas na *datcha*. Ao retornar à cidade, o quarto das crianças nos pareceu um paraíso... Logo chegou uma carta do Cáucaso. Para nossa surpresa, meu próprio pai a trouxe para o nosso quarto e pediu à tia Aleksandra Semiónovna para que lesse. Ela chorou de alegria. Ele brincou com ela e disse, contente:

— Ora, por que você está chorando? Seu sobrinho em breve será oficial...

E lemos a carta: o coronel informou que meu irmão Micha havia demonstrado coragem fantástica, já havia recebido a Cruz de São Jorge e tinha sido indicado a oficial. Concluindo, o coronel aconselhou papai a retirar nosso irmão do Cáucaso assim que recebesse a patente de oficial, porque com uma cabeça tão quente ele não duraria muito por lá. O quarto das crianças preencheu-se de conversas alegres; já estávamos contando os dias que faltavam para a chegada do meu irmão. Vânia contou ao vovô as notícias sobre nosso irmão da seguinte maneira:

– Micha matou vinte e cinco circassianos.

Vovô empalideceu e acenou com as mãos.

– Pare com isso, Vaniucha.

– É verdade, vovô.

– Nossa, como ele pôde matá-los?

Meu irmão imitou um fuzil com o braço, apontou para o vovô e gritou:

– Paf!

Vovô agarrou o peito como se apalpasse o buraco da bala. Meu irmão caiu em gargalhadas e vovô, ofendido, se pôs a incomodar os outros com perguntas sobre o neto.

Exatamente dois meses depois, o carteiro apareceu com uma nova carta do coronel. Com alegria levamos a carta ao papai, voltamos para o quarto das crianças e, todos reunidos, esperamos com impaciência: papai viria e nos diria que meu irmão tinha se tornado um oficial... Mas o tempo passou e ele não aparecia... Cansados de esperar, nos aproximamos de fininho do escritório... a porta estava trancada e havia silêncio do outro lado. A noite chegou. Decidimos que leríamos a carta no dia seguinte... O chá foi servido. Titia foi até o escritório e bateu à porta.

— Quem está aí? — Ouvimos a voz fraca do papai.

— Eu, irmão; você quer um pouco de chá?

— Não!

Titia concluiu que meu pai tinha brigado com minha mãe e ficou muito aflita... Fomos dormir. Titia se aproximou três vezes do escritório e pela manhã disse que estava muito assustada: lá dentro o fogo havia ficado aceso a noite toda e, vez ou outra, ouviam-se gemidos... Pouco depois, papai veio ao quarto das crianças, enquanto minha mãe ainda dormia... Estava irreconhecível: seu rosto pavorosamente pálido, os olhos inchados, parecia até ter emagrecido; seu olhar estava triste. Beijando sua mão, percebi que ela tremia. Ele hesitou estranhamente, por fim deu um pesado suspiro e disse, gaguejando e sem olhar para ninguém:

— O irmão de vocês foi morto... Não falem mais nele e não contem para sua mãe...

Saiu do cômodo em passos apressados.

O quarto das crianças encheu-se de soluços. Foi assustador olhar para tia Aleksandra Semiónovna. Mamãe por sorte não notou nossos olhos lacrimejantes e já estava acostumada a ver minha tia doente e triste. Papai continuava no escritório. Ele não jantou, mas à noite se vestiu e saiu... Corremos para o escritório, e fui a primeira a ver a carta na mesa e agarrá-la: estava toda amassada e a tinta tão borrada que muitas palavras ficaram ilegíveis. Com dificuldade, consegui distinguir algumas frases: "morreu sem muito sofrimento... a bala o atingiu bem no coração... era um rapaz corajoso, mas dado o seu temperamento e idade, não deveria ter sido colocado em tal risco..." Mais alguns consolos, e depois não entendemos mais nada.

Mal tive tempo de devolver a carta ao lugar quando meu pai voltou... Dirigiu-se à sala. Já estavam jogando por lá... Percebendo sua magreza e palidez, mamãe perguntou:

— O que há de errado com você, Andrei?

Sem responder, sentou-se no sofá. Mamãe continuou a distribuir o baralho. Ele disse-lhe quase inaudível:

— Recebi ontem uma carta do Cáucaso.

— E então? — ela perguntou, separando os naipes do jogo.

— Micha — começou papai —, Micha... está ferido.

Ele se levantou para esconder sua aflição:

— É grave ou não? — minha mãe perguntou rapidamente.

Meu pai hesitou em responder... O jogo havia parado. Ela olhou atenta para o marido e soltou um grito estridente:

— Ah!... Ele foi morto!...

As cartas caíram-lhe das mãos, ela desabou no sofá em terríveis convulsões; meu pai se aproximou. Ele se tremia inteiro e, pela primeira e última vez na minha vida, vi lágrimas jorrarem por seu rosto pálido.

X

O embaralhar das cartas voltou a ecoar pela sala... Ao saber da morte de seu neto, vovô chorou e censurou meus pais por terem enviado uma criança ao Cáucaso. Vovó correu apressada até nós, aos prantos, e nos perguntou em pormenores como tudo se deu.

– Ah, meu Deus! Teria sido melhor que sua avó tivesse morrido... que vida é essa? E já tinha separado dez rublos para ele: pensei que quando meu neto, o oficial, chegasse... "Aqui está, Micha, para você!" Não tem coisa pior do que sonhar que caiu um dente!... Eu sonhei com isso esses dias... ora, falei, isso não é nada bom!... Fui à praça Sennáia ver o Salvador, acendi até uma vela para ele...

Meu tio ouviu com indiferença a notícia da morte do sobrinho, limitando-se a dizer:

– Se me tivessem dado o menino, eu o teria educado, ele teria esquecido o Cáucaso...

Passado algum tempo, ninguém mais falava sobre meu irmão. Só eu, às vezes, via em sonho que ele estava vivo e me alegrava; nós conversávamos, mas de repente ele empalidecia e se despedia de mim, dizendo: "É hora de ir para a sepultura." Eu fitava com atenção o seu rosto e via, no lugar de meu irmão, um cadáver disforme...

Minha irmã Sônia, aparentemente, estava interessada em Iákov Mikháilitch; uma vez eu os vi de mãos dadas. Ele lhe concedia vários favores, mas ela o tratava com bastante crueldade; muitas vezes, em sua presença, expressava sua admiração por algum oficial que havia visto por acaso, e o pobre Iákov Mikháilitch sentava-se como se estivesse sobre alfinetes e agulhas. Stepanida Petrovna o importunava perguntando com ares de mistério: por que está aborrecido?... Ele descontava a raiva nela com respostas rudes, e então começavam a brigar... Acontecia de ele ficar dois dias sem aparecer no quarto das crianças. Então ela chorava baixinho. Por seu trabalho como escriturário e mensageiro, mamãe continuou a tolerá-lo em casa, sem temer pelas filhas: ele era feio e pobre... Mas, ao que parece, há uma medida para tudo: quando, por causa de alguns infortúnios, ele se demitiu, ela mudou ao extremo o tratamento que lhe dispensava: ele já lhe parecia insignificante demais. O pobre Iákov Mikháilitch suportou heroicamente seus insultos: o amor lhe dava força. Por fim, um dia apareceu em nossa sala, muito pálido e ofegante de raiva. Stepanida Petrovna importunou-o com perguntas, ele se quedou em silêncio e logo partiu. Na noite seguinte, apareceu de novo na sala de visitas desolado e anunciou que iria passar três anos em uma distante província.

Stepanida Petrovna interpretou este sacrifício a seu bel-prazer: ao que lhe pareceu, ele queria melhorar a própria situação para poder se casar! E talvez fosse mesmo a verdade, exceto que não era com ela que ele queria se casar. A despedida foi comovente; tive pena dele: não conseguia olhar para minha irmã sem chorar...

Acidentalmente ouvi a conversa entre eles.

— Vai se esquecer de mim, Sôfia Andriéevna?

— Por que eu te esqueceria?

— Diga-me mais uma vez: se eu voltar, a encontrarei tão gentil quanto agora?...

Stepanida Petrovna correu até ele com um lápis e pediu-lhe o novo endereço.

Ele respondeu que escreveria primeiro e que já era hora de partir.

— Adeus, Sôfia Andriéevna, não se esqueça...

A emoção o impediu de terminar... Stepanida Petrovna o importunou pedindo para que escrevesse com mais frequência. Ele tentou se despedir exatamente cinco vezes, por fim com desespero se aproximou de Sôfia, beijou-lhe a mão com firmeza e lentidão e então, de súbito, pressionou os lábios pálidos em sua bochecha rosada... Minha irmã exclamou constrangida: "Iákov Mikháilitch!" Stepanida Petrovna também se preparou para aceitar um beijo de despedida, mas ele já havia saído correndo do quarto das crianças... Ela se enraiveceu...

As coisas se tornaram ainda mais enfadonhas para nós: Iákov Mikháilitch de alguma forma animava nosso quarto com leituras e notícias. Eu gostava especialmente das leituras e estava sempre disposta a ouvir um romance a noite toda...

Um mês depois, recebemos uma carta sua e, na manhã seguinte, quando eu estava indo para a aula, um senhor desconhecido me deu outra carta para entregar à minha irmã e desapareceu... Minha irmã aceitou a carta sem nenhuma surpresa: parecia já saber de antemão de quem se tratava...

— Sônia, isso é de Iákov Mikháilitch?

— Sim, mas tenho medo: titia vai descobrir e com certeza vai contar para a mamãe... Devolva a carta amanhã e não volte a pegá-la...

— Então você não o ama, Sônia? — perguntei, surpresa.

— Não, ele inventou que eu me casaria com ele.

— Por que você não quer se casar com ele? Permitiu que ele apertasse sua mão!

— E então? Agora eu não quero, e faça-me o favor de não aceitar mais cartas...

Não havia o que fazer; no dia seguinte, devolvi com medo a carta ao senhor desconhecido que encontrei no mesmo lugar... Minha irmã começou a frequentar mais a igreja e falou sobre uns tais olhos azuis que vinha vendo por lá...

Assim se passou um mês... Mais uma vez eu estava indo para a aula; de novo, o mesmo senhor com uma carta. Não a aceitei, mas ele simplesmente a meteu em minha mão e desapareceu.

Minha irmã ficou furiosa e ordenou que eu devolvesse a carta no dia seguinte com um pequeno bilhete de sua autoria, que ela escreveu naquele momento; e assim o fiz.

Desde então, nunca mais vi o senhor desconhecido.

Iákov Mikháilitch escreveu à titia que pretendia permanecer para sempre servindo na província, e depois disso não escreveu mais.

Perguntei à minha irmã se ela não sentia pena dele. Ela me respondeu que o amava porque nunca tinha encontrado mais ninguém, e agora ela já não se importava mais, e que era melhor que ele ficasse por lá mesmo.

Também Stepanida Petrovna se animou depressa; nessa altura, sua irmã mais nova havia se formado em uma instituição pública. Nós a amávamos; ela não era muito inteligente, mas tinha uma aparência agradável e era gentil. Stepanida Petrovna, que havia perdido todas as esperanças de seu próprio casamento, queria arranjar logo pelo menos sua irmã mais nova, para que pudesse ir viver com ela, e também provocar suas sobrinhas, que tinham a mesma idade. O filho de um homem importante que prestava serviços à mamãe começou a cortejá-la, isto é, a jovem titia irmã mais nova de Stepanida Petrovna, então todos os dias mamãe passou a convidá-los para nossa casa. Pouco a pouco, nossa sala de visitas, antes quase vazia, tornou-se um ponto de encontro de jovens moços, irmãs e tias. Conversas e risadas chegavam até o quarto das crianças, onde eu permanecia sozinha...

Eu não gostava de ficar na sala de visitas. Alguma espécie de mudança ocorria em mim: às vezes tinha vontade de chorar sem motivo, e às vezes de repente ficava tão feliz que saltitava e corria como uma criança, embora já tivesse dezesseis anos.

Acontecia de às vezes ficar duas horas a fio sentada à janela sem fazer nada; observava as nuvens, pensava sabe Deus no quê, recordava-me dos romances que Iákov Mikháilitch havia lido para nós, me imaginava a heroína de um deles... me deleitava tanto com esse estranho estado de espírito que esperava ansiosamente pelo pôr do sol e pelo crepúsculo. Depois pegava num livro, sentava-me à janela, fingia que estava estudando uma lição e, no entanto, esquecia-me de mim e de quem eu era – de tudo e de todos. Parecia-me que eu também estava nos céus, lutando com a massa de nuvens, abrindo caminho por entre elas e voando com uma velocidade incrível pelo azul límpido. Às vezes encontrava nas nuvens semelhanças com vários monstros dos quais tinha ouvido falar em contos de fadas. Alegrava-me quando uma nuvem tão hostil encontrava com outra e, depois de um longo embate, desaparecia por completo. E como me irritava com as noites totalmente escuras! Stepanida Petrovna, que me odiava, apercebendo-se de minha mudança, perguntava desconfiada:

– O que é que você está fazendo aí na janela? Por acaso dá para enxergar alguma coisa agora?

– Eu quero ficar assim! Por que precisa saber de tudo?

— Não está olhando para os oficiais, está?

Havia oficiais morando na nossa frente, mas eu não prestava atenção neles; considerava-me ainda uma criança e, além disso, segundo Stepanida Petrovna, eu não conseguiria atrair o interesse de ninguém. No entanto, seu comentário me irritou. Respondi, ríspida:

— Ainda terei tempo suficiente para ver os oficiais, seu tempo é que já passou!

Enfurecida, ela me disse que eu era feia e tola, que ninguém iria querer olhar para mim e que eu não poderia nem pensar em me casar...

— É, e eu nem pretendo... Mas você é mais inteligente que eu, e mesmo assim ninguém pediu sua mão... nem mesmo antes!

Ela passou a me odiar ainda mais, começou a vigiar cada um de meus passos, a distorcer cada palavra e a criticar-me a todo momento. Conseguiu armar tia Aleksandra Semiónovna contra mim, dizendo-lhe que no caminho para a aula eu trocava piscadelas com transeuntes e que a esposa do professor havia dito que na aula eu não fazia nada além de ficar olhando pelas janelas.

Aleksandra Semiónovna também começou a me espionar tão logo eu ia até a janela. Aborrecida, abandonei minhas apreciações inocentes e passei a me sentar de costas para a janela...

— Por que você não vai para a sala de visitas com suas irmãs, em vez de ficar sentada na janela? — Ela repetia para mim todas as noites quando chegavam os convidados.

— O que é que vou fazer lá? Eles me entediam, não entendo o que dizem por lá!

Quando as visitas foram embora, a jovem titia contou a suas irmãs como o filho de um homem importante a cortejava. As irmãs também sussurravam em segredo. Só Stepanida Petrovna não tinha nada para contar ou cochichar: ninguém a cortejava...

Uma vez decidi ir para a sala de visitas à noite. Todos os convidados habituais estavam lá. O filho do homem importante, para não denunciar suas visitas frequentes, apresentou três jovens à minha mãe. Um deles, Aleksei Petróvitch, me perguntou:

— Por que a senhorita nunca aparece?

— Gosto de ficar sozinha — respondi.

— E não se entedia ficando sozinha? O que é que fica fazendo?

Tive vergonha de dizer que olhava para as nuvens e respondi sem pensar:

— Fico lendo.

— E o que a senhorita está lendo agora?

Fiquei confusa e me arrependi de minhas mentiras. Além de história geral, gramática e geografia, eu não tinha nenhum livro em mãos... felizmente, lembrei-me de *A Casa de Gelo*, que Iákov Mikháilitch havia lido para minha irmã...

— Um romance — respondi.

— Qual?

— *A Casa de Gelo*.

— Está gostando?

— Muito.

— Gostaria que eu trouxesse algum romance de Walter Scott?

— Obrigada, mas não me atrevo: tenho que perguntar à minha tia.

— Como! Não se atreve a ler um romance sem a permissão de sua tia!

Aleksei Petróvitch sorriu.

— Qual é a sua idade?

— Dezesseis.

— Gosta de flores?

— Sim, gosto muito.

— Deixe-me trazer-lhe um buquê amanhã.

— Ah, não! Preciso perguntar... — Mas não terminei, porque Aleksei Petróvitch voltou a rir... Corando de raiva, fui até o quarto das crianças, onde por uma hora inteira o recriminei para a tia doente... À noite, minha irmã me perguntou por que Aleksei Petróvitch ficava rindo enquanto falava comigo.

Stepanida Petrovna se atentou:

— É verdade, você deve ter falado alguma tolice! Depois ele ficou perguntando por que é que você não aparece na sala de visitas.

— Ele que é um tolo, por isso ri tanto... nunca mais falarei com ele.

— Ora, ele mesmo não falaria com uma tola como você — disse a tia.

— Bem, me parece que ele tampouco acha você lá muito inteligente: não lhe dirigiu uma palavra sequer enquanto eu estava lá.

– Vejam só como a menina fala! Deve ter ouvido o que ele disse sobre ela... Ele estava brincando, pode ter certeza, estava brincando... E você logo imaginou que era bonita, não é?

– Já você, ninguém chama de bonita nem de brincadeira!

No dia seguinte, fui deliberadamente à sala de visitas para mostrar que, se quisesse, poderia mexericar como os outros... Não sei de onde tirei tantas palavras: falei sem parar. Stepanida Petrovna não parava de me mandar para a cama, dizendo que amanhã eu teria que ir cedo para a aula.

– A que horas a senhorita vai à aula? – perguntou Aleksei Petróvitch.

– Às nove.

– Amanhã também levantarei às nove horas e irei à sua aula – assistiremos aula juntos.

– Por favor, não faça isso – comecei com medo... Mas de repente parei, me confundi e corei, notando o mesmo sorriso de ontem em seus lábios. Ele disse:

– Então a senhorita não quer? Bem, me ordene que não vá!

– Por que eu o faria? O senhor não irá mesmo! Agora, se Sônia estivesse estudando lá, seria diferente!

– Por que eu iria por ela e não pela senhorita? – Aleksei Petróvitch perguntou baixinho.

– Stepanida Petrovna me contou que o senhor está apaixonado por ela.

— Sim, estou apaixonado, mas não pela sua irmã — disse Aleksei Petróvitch ainda mais baixinho e olhou para mim de um jeito estranho.

De repente, nós dois ficamos em silêncio. Seus olhos queimaram minhas bochechas morenas, eu estava vermelha como uma peônia, respirava com esforço e por algum motivo não consegui olhar diretamente em seus olhos pela primeira vez. Minha agitação aumentava a cada minuto. Eu disse "Adeus" baixinho e fugi do atônito Aleksei Petróvitch.

Não o vi durante uma semana, mas fiquei pensando muito em nossa conversa, lembrava-me de cada palavra sua, às vezes até lhe fazia perguntas e respondia eu mesma por ele. Ora me parecia que ele estava falando sério comigo, ora eu pensava que ele estava brincando, e então não tive coragem de entrar na sala.

Espiava-o pela fresta da porta; na maior parte do tempo ele permanecia sentado sozinho e, se falava com minhas irmãs e tias, era com alguma relutância.

Cheguei a ouvi-lo perguntar: "Por que sua irmã não aparece? Ela está bem de saúde?..." Meu coração disparou... Ao saber que eu estava bem de saúde, ele pareceu franzir a testa.

Não importa o que eu estivesse fazendo, ao ouvir seu nome, involuntariamente parava e estremecia...

Uma vez, durante a aula, o vi passar de carruagem em frente à casa do professor e quase desmaiei de susto. Imaginei minha mãe e Stepanida Petrovna me perguntando por que ele havia passado por lá.

Comecei a me examinar atentamente no espelho: às vezes me parecia que não era tão feia e morena como dizia Stepanida Petrovna; mas depois voltava a me achar feia e quase chorava de frustração...

Finalmente decidi entrar na sala. Meu coração batia rápido e minha voz tremia. Aleksei Petróvitch ficou muito feliz. Ele me disse:

— A senhorita deve estar zangada comigo, não é? Desculpe, não vou mais passar pela casa de seu professor...

Senti-me melhor, respirei mais livremente... fingi que nem sabia de sua passada por lá...

— Eu não apareci simplesmente porque não queria.

— E eu queria muito vê-la — disse com um suspiro.

— Para quê? — perguntei, corando.

Ele ficou em silêncio, como se estivesse com dificuldades para responder a tal pergunta.

— Queria vê-la porque amo seus olhos!

E me fitou atento.

Eu ficava completamente desnorteada nesses momentos, mas o medo de ser enganada, de estar levando a sério uma piada, não me permitia devanear por muito tempo. Perguntei:

— E os olhos de Stepanida Petrovna, o senhor também ama?

— A senhorita não para de fazer brincadeiras!

Ele se zangou.

Então, me compadeci e tentei animá-lo com várias histórias...

Na manhã seguinte, com ciúmes da atenção que me dispensavam, Stepanida Petrovna espalhou um boato de que eu havia decidido de novo não falar com Aleksei Petróvitch.

Na noite seguinte, de fato tentei evitar por todos os meios conversar com ele, o que involuntariamente o deixou ainda mais interessado; meus olhos brilhavam de uma forma especial, e eu mesma sentia neles algum tipo de força. Durante a ausência de Stepanida Petrovna, consegui contar a Aleksei Petróvitch minha situação e me senti aliviada... Tendo-lhe confiado meu segredo, senti que passamos a ter uma ligação. No final da noite, esqueci por completo minha promessa e voltei a falar com Aleksei Petróvitch. Estávamos ao piano, eu folheava um livro, e minha mão acidentalmente tocou a mão dele, que a segurou e apertou de leve. Senti como se minha cabeça estivesse girando, a sala rodopiou e depois desapareceu, deixando-me balançando no ar. Quando recobrei o juízo, sua mão ainda segurava a minha, e ele me perguntou baixinho:

– A senhorita me ama?

Respondi automaticamente “sim”, sem saber o que estava dizendo.

– O que vocês estão fazendo aqui? – veio a voz de Stepanida Petrovna.

Estremeci, Aleksei Petróvitch se embaraçou e respondeu zangado:

– Estamos vendo as partituras.

Ela sorriu e se afastou... Eu estava desnorteada de

felicidade, me despedi de Aleksei Petróvitch e fui depressa para a cama. Foi só então que percebi toda a minha imprudência. E se ele estivesse zombando de mim? Vamos supor que de fato me amasse, o que viria depois... casar? E comecei a rir-me de tal pensamento. Aleksei Petróvitch era jovem, bastante rico, tinha muitos parentes que, por certo, não permitiriam que ele se casasse comigo: afinal eu era pobre e feia, como dizia Stepanida Petrovna... como seria possível me amar?... Era considerada uma criança...

As tias, pensando que eu estava dormindo, fofocaram entre si dizendo que Aleksei Petróvitch estava me engabelando e que o outro jovem que cortejava a irmã mais velha também não se casaria com ela.

Esta conclusão ofendeu muito Aleksandra Semiónovna. Stepanida Petrovna anunciou que esperaria mais um pouco, depois contaria tudo a minha mãe e assim acabaria com as visitas dos jovens. Com esta medida, pensava fazer com que o filho do homem importante pedisse a mão de sua irmã o mais depressa possível.

Não consegui pegar no sono por muito tempo depois da conversa das tias. Pensei: o que devo fazer? Não tinha forças para parar de ver Aleksei Petróvitch. E mamãe? O que aconteceria quando lhe contassem as injúrias sobre mim? Em seu aborrecimento, ela por certo inventaria alguma humilhação que eu teria de suportar diante dos olhos dele. Ele não se casaria comigo — as tias sabiam bem disso. Diziam que era eu quem o cortejava... Lembrei-me de algumas de minhas palavras e olhares, e me pareceu que elas tinham razão. Então senti um suplício, uma angústia e uma vergonha insuportáveis... O que deveria fazer?... Fugir de Aleksei Petróvitch, de minha mãe, das minhas tias?... Mas para onde? Eles me encontrariam e me levariam de volta para meu pai – e para minha mãe furiosa. Imaginei os rostos ensandecidos de meu pai e de minha mãe ao encontrarem a filha foragida. Apavorei-me tanto que decidi que seria melhor recusar-me a ver Aleksei Petróvitch, suportar e sofrer, do que provocar a fúria da minha mãe. Vou dizer a ele que não o amo!, planejei e me pus a refletir: Como posso saber que o amo? Talvez não signifique nada o fato de o tempo longe dele me parecer tão longo, de não conseguir pensar em mais nada além dele, não querer olhar para ninguém além dele... Mas, pelo contrário, ao ouvir sua voz, me animo toda, meu coração começa a chacoalhar, o tempo a correr, e eu fico tão gentil que seria capaz de dar as mãos até mesmo à minha inimiga Stepanida Petrovna. Fico triste em me despedir dele sabendo que amanhã não o verei. O que será de mim quando não puder mais vê-lo?... Caí em prantos, agarrei o travesseiro com força e abafei nele meus soluços...

XI

No dia seguinte, acordei com os olhos vermelhos.

— Não me diga que é por Aleksei Petróvitch que se dignou a chorar! — comentou Stepanida Petrovna.

— Por que vocês se importam? Me deixem em paz!

As lágrimas voltaram a brilhar em meus olhos. Stepanida Petrovna disse com uma voz lastimosa:

— Pobre criatura! Inventou que ele se casaria com ela! Ele não vai casar, nem que você chore todos os dias, começando de manhã e indo até à noite — concluiu com uma aspereza que combinava melhor com seu rosto.

Depois de uma noite tão torturante, não tive forças para suportar com paciência suas provocações; agarrando minha cabeça, encostei-me na parede e me desfiz em soluços... Todos puseram-se a me repreender por chorar tão alto.

— Eu queria fugir! — disse em desespero, sem saber o que estava falando, e de repente fui trazida à razão pela risada hedionda e triunfante de Stepanida Petrovna.

— Muito bom! — ela sibilou. — Que ótima ideia,

Natália! Que surpresa você está preparando para seus pais!... Por acaso não é com Aleksei Petróvitch que pretende fugir? No entanto, você foi sempre assim...

Quando ouvi o nome de Aleksei Petróvitch e as suspeitas tão ofensivas, minhas lágrimas secaram; aproximei-me dela e não sei de onde vieram as palavras, mas não deixei barato; eu sabia que a irmã dela estava naquele momento exatamente na posição que ela havia me profetizado.

Irritada ao extremo, Stepanida Petrovna prometeu contar tudo à minha mãe. E foi ter com ela ao anoitecer.

Uma tempestade se formava, o medo da possibilidade de nunca mais ver Aleksei Petróvitch, a premonição de uma nova humilhação — tudo isso me inspirou um pensamento corajoso: resolvi vê-lo a todo custo, contar-lhe tudo e dizer adeus para sempre.

Pedi ao meu irmão Ivan para descer, ficar à espreita para quando Aleksei Petróvitch chegasse e pedir-lhe que esperasse por mim.

— Mas, Natacha, e se me virem!?

— Se te virem, não tem problema, mas se eu for pega, prefiro morrer a contar que você estava me ajudando.

— O que é que você quer dizer a ele?

De repente, não soube o que responder à pergunta do meu irmão.

— Corra direto para o quarto do vovô — concluí quando ele concordou em atender ao meu pedido —, então eu saberei que Aleksei Petróvitch está esperando por mim.

— Está bem!

Chegou a hora em que Aleksei Petróvitch e outros convidados costumavam aparecer. Parecia que eu estava sentada sobre alfinetes e agulhas. De repente, meu irmão Ivan correu ruidosamente para o quarto de nosso avô — eu quase me entreguei: queria tanto correr logo até a porta; mas resisti, levantei-me com calma e saí devagar para o corredor. Lá, desci as escadas como uma flecha, quase derrubei Aleksei Petróvitch, que tremia de frio, e me assustei muito ao pensar que havia esbarrado em outra pessoa.

— Ah, o senhor me assustou!

— O que há? Acalme-se! Eu sei de tudo: seu irmão conseguiu me contar...

Fiquei ainda mais assustada ao pensar que meu irmão lhe havia contado sobre as brigas com nossa tia.

— Ah, o que ele fez! Não dê ouvidos: ele adora tagarelar!

— Não, eu sei de tudo e peço que não se preocupe...

Ele pegou minha mão.

— Por que a senhorita está tremendo? Meu Deus! Está só de vestido! Vai pegar um resfriado!

Ele queria me cobrir com seu capote. Num instante saltei para trás.

— Não, eu não estou com frio. Tenho que lhe contar tudo depressa. Mamãe sabe tudo, ela...

Aleksei Petróvitch me interrompeu.

— Repito, eu também sei tudo e... não tenha medo!

Então ele continuou com uma voz que me pareceu solene:

— A senhorita deve responder com sinceridade: me ama?

Aleksei Petróvitch pegou minha mão e puxou-me para si. O sangue subiu à minha cabeça e eu disse:

— Sim, amo.

— Muito?

Eu recuperei o juízo e respondi:

— Quer saber disso para poder rir de mim?...

— Como assim? — disse Aleksei Petróvitch, surpreso, e soltou minha mão da dele.

— Stepanida Petrovna me garante...

Aleksei Petrovitch ficou bravo: enrolou-se no capote, depois abriu-o inteiro, como se estivesse com calor, e me disse:

— Está bem! Hoje vou lhe provar como eu estou zombando da senhorita e como deve ter vergonha de acreditar em todos!

Eu sempre me divertia quando ele ficava com raiva: parecia que me amava, e ainda não sei como, mas contei-lhe que o amava muito. Ele pediu permissão para me beijar, mas recusei com firmeza. Então disse:

— Afinal, amanhã a senhorita vai me beijar como um noivo, não vai?

— Como um noivo! O senhor quer mesmo se casar?...

— A senhorita não disse que me ama?

Quando Aleksei Petróvitch falou baixinho comigo, eu mesma não sabia o que estava fazendo, estava completamente em seu poder. Não sei como aconteceu, mas senti seu hálito ardente, e seus lábios quentes tocaram minha bochecha. Eu não resisti; lágrimas me brotaram dos olhos; estava como que pegando fogo, mas era bom.

De repente, ouviu-se uma voz na escada: "Natacha!", e meu irmão já estava parado na nossa frente.

— Corra rápido! Estão procurando por você!

Apavorada, esqueci de tudo e, agarrando a mão de meu irmão, tive vontade de fugir imediatamente, mas Aleksei Petróvitch me segurou.

— Espere — disse em tom de súplica.

— Estou com medo: minha tia está me procurando.

— Bem, então até amanhã; não esqueça suas palavras. Agora vou falar com sua mãe.

— Ah, não, espere! Eles podem descobrir; é melhor o senhor vir daqui a uma hora!

— Está bem, adeus!

E Aleksei Petróvitch beijou minha mão. Um arrepio me percorreu e um sentimento especial apoderou-se de mim: pela primeira vez minha mão era beijada, como se fosse um sinal de que eu não era mais uma menina... Ao passar pela antessala, onde o cachorro sempre se deitava preso na corrente, pensei: lá vai o cachorro bravo latir para que todos saibam onde estive; mas ele estava encolhido e cochilando, e só quando apareci ergueu os olhos sonolentos, mas logo voltou a fechá-los e ainda bateu o rabo uma ou duas vezes em saudação. Entrei no quarto das crianças; pareceu-me que os lábios de Aleksei Petróvitch haviam deixado uma marca de fogo em minha bochecha; cobri-a com a mão, mas mesmo em minha mão parecia haver a mesma marca – fiquei completamente confusa. Mas a minha preocupação foi em vão: não haviam percebido a minha ausência...

Uma hora em ponto depois, o cachorro desatou a latir. Stepanida Petrovna olhou alegre para a antessala e disse com um sorriso solene:

– Aí vem Aleksei Petróvitch.

Mas ao encontrar meu olhar repleto de orgulho e desdém, se embaraçou e depressa virou as costas. Sentei-me no canto e mantive os olhos fixos nela: estava estranhamente sem jeito, remexendo-se na cadeira, por fim mudou de lugar: parecia que meus olhos, como fogo, queimaram-lhe a consciência... Finalmente ela não aguentou e perguntou raivosa:

– Por que você está arregalando os olhos?

– Estou tentando ler nos seus olhos quantas mentiras e calúnias você disse hoje à minha mãe.

– Meu Deus! O que é que você tem? Que olhar atrevido! Bem, espere só, amanhã você vai pagar por tudo.

– Veremos! – Falei com tanta força que titia empalideceu e ficou estupefata...

Os convidados foram embora, mas Aleksei Petróvitch ainda permaneceu...

Fui para a cama muito exaltada, pela primeira vez sentindo alguma dignidade: alguém me amava, eu iria me casar, não conseguia formar nenhum outro pensamento em minha cabeça... Pela manhã, como sempre, comecei a me preparar para ir à aula, mas a criada de minha mãe me disse com um sorriso:

— Senhorita, sua mãe mandou que não fosse à aula hoje... Parabéns, senhorita! — acrescentou ela com ar de importância.

— Pelo quê? — perguntei, estremecendo sem poder controlar.

— Ora, senhorita! Ouvi Aleksei Petróvitch conversando com sua mãe; a senhorita agora é uma noiva... portanto, me dê de presente esse sobretudo velho.

Stepanida Petrovna ainda estava deitada na cama e parecia dormir; conversávamos baixinho, mas ao ouvir a palavra "noiva" ela deu um pulo, olhou em volta espavorida e soltou um grito furioso:

— Quem? Quem é a noiva?

Fiz sinal para que a criada ficasse em silêncio. Titia se agitou. Pus-me a fitá-la como se fosse no dia anterior.

— Por que você não está de saída? Já são nove e meia — disse ela preocupada.

— Não quero — respondi com desdém.

Ela estava ficando cada vez mais perdida, mas quando Aleksandra Semiónovna me deu alegres felicitações pelo noivado, Stepanida Petrovna estremeceu e desabou em uma cadeira... suas pernas a traíram... ela cobriu o rosto com as mãos e caiu em prantos.

De repente, todos começaram a se agitar no quarto das crianças, um sussurro abafado correu por toda parte: "Mamãe vem vindo!" Ouviram-se passos firmes na antessala — mamãe entrou majestosa no quarto das crianças!

Beijei sua mão e voltei ao meu lugar... Mamãe começou assim:

– Muito bom! É assim que você se comporta? Eu sei de tudo... – Aqui ela inclinou a cabeça para o lado, o que fez com que toda a sua figura exprimisse ainda mais nitidamente o sentimento de orgulho materno, e continuou: – Sua sorte é ter um pai e uma mãe assim... Você acha que ele se casaria pelo seu rosto? Não, por respeito ao seu pai e à sua mãe... – E, mudando o tom imponente para um simples e condescendente, concluiu:

– Por que você não me disse que ele quer se casar com você? Hein?

– Porque eu ainda não tinha visto a senhora...

Mamãe, um pouco constrangida com minha resposta ousada, disse com tragicidade:

– Perfeito! Agora tudo está resolvido! Desejo que vocês vivam tão bem quanto seu pai e sua mãe.

Eu soltei sem poder controlar:

– Deus que me livre!...

Percebendo apenas o movimento dos meus lábios, mamãe perguntou zangada:

– O quê?...

Fiquei calada. Ao ver tamanha indiferença na filha, ela se apressou em encerrar a cena, que havia lhe prometido muito mais efeito...

– Bem, parabéns – e aqui está minha bênção! – Ela fez um sinal da cruz no ar e estendeu-me a mão com teatralidade... No entanto, não sei, algo me impediu de beijá-la... Em vão, Aleksandra Semiónovna me fez sinais de súplica em silêncio: um sentimento novo e estranho falava cada vez mais alto em mim, e eu não me movia... Por fim, mamãe, ultrajada, pressionou a mão rejeitada e cansada contra o peito, olhou-me dos pés à cabeça com desprezo e saiu depressa do quarto, concentrando em seu andar todos os resquícios de imponência...

Meus irmãos e irmãs regozijaram-se com minha coragem, Aleksandra Semiónovna me repreendia e praguejava. Stepanida Petrovna estava sentada como uma morta, com a cabeça pendida; sua trança estava solta, ela segurava um pente nas mãos e o contemplava com os olhos vazios; só de vez em quando seu olhar caía sobre mim... Depois, ela se vestiu rápido e saiu muito apressada...

À noite, quando Aleksei Petróvitch chegou, papai o trouxe para o quarto das crianças e disse:

– Aqui está seu noivo!

E nada mais...

O pedido da minha mão ocorreu de maneira muito original, como me contou Aleksei Petróvitch. A princípio, minha mãe não conseguiu esconder a surpresa por ele querer se casar comigo, mas logo se corrigiu:

– No entanto, não repare muito nela. Se vesti-la um pouco melhor, não ficará tão feia.

Ele lhe pediu que mantivesse a proposta em segredo por enquanto, e ela prometeu, mas no mesmo dia foi contar aos conhecidos que eles eram muito respeitados: um homem rico, um nobre, iria se casar com a filha deles, e a outra filha tinha um noivo, embora não tão rico, mas de extraordinárias inteligência e erudição...

No dia seguinte, quando Aleksandra Semiónovna a penteava, mamãe lhe disse:

— O que é que ela pensa de si própria! Por acaso não tenho poder sobre eles? Eu sou a mãe! Mesmo sendo esposa de um músico, não quero nem olhar para Aleksei Petróvitch, ainda que seja um nobre. E vejamos se ele está falando a verdade: talvez seja apenas uma aldeia de cinco almas famintas... — Aqui, ela caiu na gargalhada. — É bem capaz que nossas nobres filhas ainda voltem para o pai e para a mãe implorando por um pedaço de pão... Digam-lhes apenas que serão expulsas... não receberão nada! — Mamãe estava tão inflamada, como se suas filhas já estivessem diante dela em farrapos, cercadas por um bando de crianças esfomeadas, com as mãos estendidas...

Vovô não largava o calendário, lendo para todos sobre a moral, as inclinações e o destino de meu noivo... Vovó, de tanta alegria, entornou um copo a mais. Meu tio me beijou na testa pela primeira vez e disse:

— Parabéns, *mademoiselle* Na-ta-li-a!

Stepanida Petrovna não voltou para casa; ela ficou com a vovó e escreveu para minha mãe uma carta cheia de reprimendas por causa da união da irmã mais nova deles com o filho do homem importante, por ter sido ela mesma tratada com tirania e por muitas outras coisas...

A fúria de minha mãe desabou sobre vovó...

Finalmente, também minha irmã Sôfia tornou--se noiva. Mamãe anunciou que não tinha nada para nos dar como dote e começamos a pensar nisso por nós mesmas. Quando Aleksei Petróvitch me dava um presente, minha mãe vinha até o quarto das crianças e dizia com carinho à minha tia:

— Veja que presente Kiril Kirílitch me deu: sim, senhora, não é um presente nobre: custa apenas trezentos rublos... — Por fim, uma vez ela nos chamou, entregou com ar solene trezentos rublos a cada em notas tão pequenas que os embrulhos pareciam bastante volumosos, e um velho vestido de seda; eu não queria aceitar, mas tive receio de que houvesse uma nova cena...

Meu irmão Ivan contou ao vovô sabe Deus que maravilhas sobre nossos pretendentes. E à noite, quando titia estava servindo o chá, o velho sentou-se aos seus pés e disse:

— Você fica aí de bobeira, sem saber de nada, mas pensando bem, hoje as coisas não são mais como eram. Antes os generais eram velhos, mas agora, assim que aparece a barba, o menino já é um general!

— De que general você está falando? De Piotr Akímitch?

— Ora, de quem mais seria! E ainda por cima é tão magrinho!

Vovô pensava que meu noivo era um general...

XII

Enquanto isso, os jogos de cartas tomaram tal poder sobre titio que ele passou a praticamente morar em nossa casa.

Certo dia, vovó veio correndo toda esbaforida até nós.

– Olá, meus pombinhos! O que é que eu faço com Semión? Ele fica perseguindo algum rato! Foi para a cama e dormiu por dois dias seguidos; não come nem bebe nada, mas os olhos estão grandes, grandes... E é tudo culpa dessas malditas cartas, Natacha! Há um mês ele perdeu – pegou um recibo na casa de penhores, o ouvi contando as notas e depois nunca mais as vi... Senhor! Que castigo! Dá até medo de voltar para casa. Ele fala: "Mamãe, veja o rato correndo", mas por Deus, Natacha, não tem rato nenhum... Ele o persegue, apanha – vira tudo de pernas para o ar, e ainda pragueja: "A senhora", ele diz, "está me alimentando com ratos, é por isso que eu não como nada..." Vê se pode? Ele deve estar louco! No começo, pensei que estava brincando, mas ele olha de um jeito tão selvagem que me dá arrepios!

Imploramos à vovó que ficasse conosco para o almoço.

À noite, o cão de súbito começou a latir alto na entrada... Corri até lá e vi titio. Ele jogou para fora do cabide os casacos de outras pessoas, fez uma montanha com eles no meio da sala e esticou meticulosamente seu próprio casaco de pele por todo o cabide. O cão defendia com ardor os casacos de pele que lhe tinham sido confiados — meu tio tentou acalmá-lo com carinho, educadamente pediu-lhe uma pata — mas o cão, rosnando e ofegando, ergueu-se nas patas traseiras e quase se pendurou na corda que o prendia; o acariciei, ele balançou o rabo, mas ainda resmungou baixinho, lançando olhares raivosos para o tio.

— Não chegue perto de Trezor, tio! Ele vai mordê-lo!

— Está tudo bem, não tenha medo, *mademoiselle* Natalia. Um rato já me mordeu no dedo. Foi tão doído! — Meu tio mudou drasticamente de semblante, e depois sorriu. — Foi, sim, mas ele se deu mal... — Titio piscou para mim e riu loucamente: — Agora ele não vai mais morder!

— Tio, não fique aqui; vamos para o quarto das crianças.

— Não, vou para a sala de estar. — Baixando a voz, me perguntou com ar de mistério: — Eles estão jogando cartas?

— Sim, titio, estão jogando.

— Hum! — E se dirigiu hesitante à sala.

Fiquei na porta e o segui com o olhar...

Mamãe, Kiril Kirílitch e papai estavam jogando Boston[33] na sala de estar. Sem cumprimentar ninguém, titio sentou-se à mesa. Ele acompanhava o jogo com atenção e caía numa gargalhada desvairada quando alguém cometia um erro. Começaram um novo jogo. Kiril Kirílitch fez sua aposta, errou e perdeu... Meu tio estendeu a mão por cima da mesa, mirou com calma e deu-lhe um peteleco na testa, gritando:

– Tolo! Apostou na dama! Essa carta já tinha saído!

Abriu a aposta e olhou atentamente para a dama fatal... Kiril Kirílitch encarou estupefato seu agressor... Este ficou em silêncio, mas seus olhos, ainda fixos na dama, ficaram descomunalmente arregalados. Por fim, foi o primeiro a quebrar o silêncio ao falar dos ratos que lhe tinham roubado o dinheiro.

– O que há contigo, Semión? Tem passado bem? – perguntou minha mãe, alarmada.

– Hahaha! Eu, doente! Não, senhora, desculpe! Quero absolver pecados antigos... Vou pedir perdão a todos, a todos... É assim que deveria ser... não é mesmo?...

A última pergunta foi dirigida a Kiril Kirílitch. Sem esperar resposta, titio encaminhou-se à entrada.

Ali de novo decidiu acariciar Trezor; que lhe rasgou a borda do casaco.

– Ah! Que desgraça! Você o acaricia e ele te morde! Meu pai está em casa?

– Sim, está em casa.

---

[33] Jogo de cartas que é uma mistura de quadrilha e whist, muito popular na Europa no século XIX.

— Chame-o, quero falar com ele.

Vovô pareceu surpreso.

— Olá, Semión! Para que é que você precisa de seu pai, aquele mesmo que você...

— Olá, pai — o filho interrompeu-o afetuoso.

Vovô esqueceu suas reclamações.

— Perdoe-me, pai!

E então o filho desabou aos pés do pai, que pulou para trás assustado e olhou para todos nós com estranheza, como se pedisse uma explicação para um acontecimento tão inverossímil...

Meu tio se levantou, as lágrimas escorrendo pelo rosto pálido; e timidamente se aproximou de vovô.

— O senhor me perdoa, pai?

— Que é isso, Semión?

Vovô abanou os braços longos, que quase tocavam o teto, e enxugou as lágrimas com a manga.

— Dê-me sua mão, pai.

— O que está fazendo, Semión? Para que isso?

E vovô recuou lentamente.

— Dê a mão ao seu filho! — disse o tio com comoção.

O pai obedeceu sem pensar. O filho beijou-lhe a mão com reverência e, com uma espécie de solenidade pomposa, retirou-se do quarto.

Ficamos estarrecidos com a sensibilidade de nosso tio, e o vovô não podia acreditar em sua sorte. Sua língua se pôs em incansável trabalho.

Cerca de quatro dias depois, meu tio enlouqueceu de vez. Correu para o quarto das crianças sem chapéu;

com o rosto azulado, a voz enfraquecida...

— Salvem-me, pelo amor de Deus, salvem-me! Os ratos vão me devorar, me perseguiram rua abaixo...

Os soluços o impediram de terminar a frase.

Eu me compadeci... Onde estava aquele tio intimidador que não tinha medo de nada nem de ninguém? Ele tremia e chorava, como seu infeliz sobrinho outra vez tremeu e chorou diante dele!

— Titio, não chore! Fique conosco — disse-lhe.

Meu tio levantou a cabeça, olhou para mim carinhoso e disse baixinho:

— Tudo bem, Natacha, eu fico... — Mas de repente suspirou e perguntou com medo: — E a mãe?! E a mãe de vocês?... E Kiril Kirílitch?...

No dia seguinte, foi levado à revelia para o hospício. Demorou muito para que o convencessem a sair de casa. Papai o convidou para ir caçar, ele concordou. Em traje de caça, com botas enormes, ele involuntariamente nos incitou ao riso...

— Adeus — disse presunçoso, marchando pela sala —, vou caçar! Vou dar bastante trabalho para Trezor. Pena que não me dão uma espingarda; tentaria matar pelo menos um rato.

Pouco tempo depois, ele faleceu.

Vovô não queria acreditar que o filho tinha enlouquecido.

— Do que estão falando? No outro dia mesmo ele me beijou a mão!

— Já estava louco a essa altura.

– Que disparate, não acredito nisso! Ele disse: "Me perdoe, pai." Por acaso os loucos falam assim?... Ele até se curvou aos meus pés... não, vocês não me enganam.

Fiquei muito abalada com a loucura de meu tio. Até esqueci de meu casamento iminente, mas minha mãe me lembrava dele com reprimendas por não seguir vários dos costumes: por que não estava usando a aliança, por que não costurava um vestido de noiva de cetim? Ela deu como exemplo minha irmã Sôfia, que seguia à risca todas as tradições...

Na véspera do casamento, quando estávamos fazendo a mala para irmos direto da igreja para a aldeia no dia seguinte, minha mãe fez uma aparição no quarto das crianças, me abençoou de novo, derramou lágrimas e estalou um beijo de despedida em minha testa.

No dia do casamento, vesti-me com bastante simplicidade – um vestido de musselina branca com corpete alto; penteado discreto, sem uma única fita ou adorno feminino. Titia ficou horrorizada.

– Ah, meu Deus! Ora, Aleksei Petróvitch terá vergonha de se casar com uma noiva assim. Bem, por favor, pelo menos use meus brincos turquesa!

Mas eu não os coloquei.

O relógio bateu anunciando as doze horas. Fui para a sala de estar, onde minha mãe e meu pai me esperavam com um ícone, pão e sal. Vovô vestiu seu traje de gala: um lenço branco que escondia sua gravata de sempre, um colete cor de canário, um fraque azul com botões dourados, cuja cintura ficava na altura do peito e as caudas pendiam até os calcanhares. De costas, a cabeça do vovô se escondia atrás da gola do fraque; ele não conseguia virá-la e não podia ver nada de nenhum dos lados, como um cavalo com antolhos[34]. Calças pantalonas de algodão cor-de-rosa, muito justas, delineavam suas pernas magricelas e infinitamente longas; as botas rangiam de modo que, quando andava, parecia estar tocando uma gaita...

— Onde estão os convidados? — perguntou ele com surpresa indescritível.

— Não haverá ninguém — disseram-lhe.

Vovô se ofendeu.

Mas, em vez de convidados, a sala encheu-se depressa de pessoas da casa, que vinham presenciar a minha ida à igreja. Até o Trezor, aproveitando o rebuliço, esgueirou-se discretamente para debaixo da mesa com a corda pendurada no pescoço, de onde assistiu à cerimônia com nítida felicidade.

Deram-me bênçãos. Por ordem da minha tia, beijei o ícone e me curvei até o chão... então começou a despedida...

— Adeus, desejo-lhe felicidades! — disse meu pai com segurança e tranquilidade, entregando a filha para o resto da vida a um homem que conhecia apenas pelo nome...

Em compensação, mamãe protagonizou uma cena trágica...

[34] Acessório usado nos cavalos para proteger os olhos e impedir que vejam lateralmente.

Titia Aleksandra Semiónovna chorou tanto que lágrimas brotaram em meus próprios olhos. Ela nos amava; naquele momento eu senti que também a amava...

Vânia, tocado por nossas lágrimas, sussurrou para mim:

– O quê? Por que você está chorando, Natacha?...

Enxuguei minhas lágrimas.

– Adeus, Natacha! – disse a vovó, que já havia bebido um pouco para afogar as mágoas – Dá um abraço na sua avó!

Eu a abracei, mas quando me despedi dela, não senti nenhuma tristeza especial.

– Adeus, vovô!

– Adeus, Natacha! Não se esqueça: setembro lhe trará felicidades em tudo, outubro não lhe fará bem, e fevereiro...

– Está bem, está bem, vovô; até a próxima!

– Não, escute: em fevereiro ele pode fazer compras, vendas...

– Já chega, Piotr Akímitch! Pare de importunar com besteiras! – vovó gritou para ele.

Ele correu irritado em sua direção.

– O quê! Você não gosta, é? E tudo por implicância, porque é aí que se diz a verdade: que é gastona, rabugenta, tagarela!...

E então entoou para a esposa toda aquela velha ladainha...

Naquela hora eu estava me despedindo de meus irmãos e irmãs. Meu coração se apertou... Foi muito difícil para mim me separar de Vânia: não sei o motivo, sempre compartilhamos a desgraça, embora ele fosse muito mais novo que eu...

– Vânia, não faça travessuras.

– Agora eu posso, o tio foi embora!

– Bem, adeus.

E voltei a beijá-lo.

– Natacha, beije Liza de novo!

Meu irmão a levantou para mim, eu realizei seu desejo... Meu pai apareceu à porta de casaco.

– Está na hora, vamos nos atrasar!

Desfazendo-me em prantos, beijei todos de novo e corri para a antessala: todos queriam me seguir, mas meu pai proibiu, temendo que novas despedidas nos atrasassem ainda mais... Vovô continuou acenando com seus longos braços e gritando em meu encalço:

– Lembre-se, Natacha, mês de outubro e março também...

Trezor, com a corda que lhe envolvia o pescoço, foi o único a me acompanhar até a carruagem.

– Adeus, Trezor!

Em resposta, ele abanou a cauda com carinho para mim...

– Adeus, senhorita – disse Luká, ajudando-me a subir. – Desejo-lhe toda felicidade.

Meu pai também se sentou; as portas se fecharam... Quando a carruagem partiu, olhei pela última vez para a casa onde tanto chorei: as janelas estavam repletas de cabeças, meu avô continuava acenando para mim...

Todos se inclinaram em reverência... Mas logo tudo desapareceu, e apenas Trezor, com a corda no pescoço, sentou-se melancólico na varanda, seguindo a carruagem com os olhos...

***

Aqui termina o manuscrito que por acaso caiu em minhas mãos. Não sei o que aconteceu com seus personagens. Em um trecho de suas notas, a heroína se autodenomina uma velha. A partir disso fica claro que os eventos por ela narrados não se relacionam com a atualidade. De fato, muitos dos acontecimentos de sua infância seriam simplesmente inverossímeis hoje em dia. Em todo caso, se essas páginas, pelo seu retrato cru de toda rudeza e imoralidade que pode acontecer na educação em casa devido ao descuido e à corrupção de valores dos pais, fizerem as pessoas olharem para si mesmas e se envergonharem da culpa que possuem perante seus filhos e perante a sociedade — então, penso que isto pode servir como razão suficiente para publicá-las.

Jocalis